·青春的荣耀·
90后先锋作家二十佳作品精选

高长梅　尹利华◎主编

千里暮云平

江锦 著

九州出版社
JIUZHOUPRESS

全国百佳图书出版单位

图书在版编目（CIP）数据

千里暮云平 / 江锦著. -- 北京：九州出版社，2013.5
（2021.7 重印）

（青春的荣耀：90后先锋作家二十佳作品精选 / 高长梅，
尹利华主编）

ISBN 978-7-5108-2145-5

Ⅰ.①千…　Ⅱ.①江…　Ⅲ.①散文集 – 中国 – 当代
Ⅳ.①I267

中国版本图书馆CIP数据核字（2013）第113843号

千里暮云平

作　　者　江　锦 著
出版发行　九州出版社
地　　址　北京市西城区阜外大街甲35号（100037）
发行电话　（010）68992190/2/3/5/6
网　　址　www.jiuzhoupress.com
电子信箱　jiuzhou@jiuzhoupress.com
印　　刷　北京一鑫印务有限责任公司
开　　本　720毫米×1000毫米　16开
印　　张　10
字　　数　125千字
版　　次　2013年6月第1版
印　　次　2021年7月第5次印刷
书　　号　ISBN 978-7-5108-2145-5
定　　价　38.00元

小荷已露尖尖角（代序）

高长梅

长江后浪推前浪，是自然规律，也是文学发展的期待。

80后作家曾风光无限——韩寒、郭敬明、张悦然等大批80后作家已成为中国当代文学的生力军，他们全新的写作方式、独特的语言叙述，受到了青少年读者的追捧。

几年前，随着90后一代的成长，他们在文学上的探索也逐渐进入人们的视野。

2006年，《新课程报·语文导刊》（校园作家版）创办时，我在学校调研，中学生纷纷表示，希望报社多关注90后作者，多培养90后作家。那年年底，我在南昌参加中国小说学会小小说年度排行榜评选时，与学会领导和专家聊起90后作者的事，副会长兼秘书长汤吉夫教授对我说：看现在的小说创作，80后势头很猛，起点也高，正成为我国小说创作的生力军，越来越受到文学评论界的重视。你有阵地，就要多给现在的90后机会，文学的天下必定是属于新一代的。副会长、著名散文家、文学评论家雷达博导，副会长、著名文学评论家李星编审都高兴地表示，今后会逐渐关注这些90后的孩子，还表示可以为他们写评论。2007年年底，中国小说学会在报社召开中国小小说年度排行榜评选会议，几位领导还专门询问90后作者的创作情况。

2009年，著名作家、茅盾文学奖获得者、解放军总后勤部创作室主任周大新到报社指导，听到我们介绍报社非常重视90后作者的培养，而90后作者也正展现他们的文学天分，报社准备出版一套90后作者的作品选时，周主任静下心来仔细翻阅那套书的部分选文，一边看一边赞不绝口，并表示有什么需要他做的他一定尽力。周主任的赞赏让我们备受鼓舞，专门在报上开设了《90先锋》栏目。这个栏目一推出，就受到90后作者、读者的欢迎。

2010年，著名报告文学作家、学者，中国图书奖、五个一工程奖、鲁迅文学奖获得者王宏甲到报社指导，见到报社出版的《青春的记忆·90后校园文学精选》及报上的《90先锋》专栏文章，大为赞赏，并称他们将前程无量。之后不久，我们决定出版《青春的华章·90后校园作家作品精选》。这套书收入18个活跃的90后作者的个人专集，也是90后第一次盛大亮相。曹文轩、雷达等为高璨作序，著名文学评论家李少君、张立群为原筱菲作序，著名评论家胡平为王立衡作序。此外，还有一大批中国作家协会会员如刘建超、蔡楠、宗利华、唐朝晖、陈力娇、陈永林、邢庆杰、袁炳发、唐哲（亦农）、孟翔勇、倪树根、李迎兵、杨克等都热情地为90后作者作序推荐。他们在序中都高度评价了这些90后作者的创作热情、创作成绩。当然也客观地指出了一些值得注意的问题。

90后作者的成长也引起了文学界的重视，他们当中不少人都加入了省级作家协会，尤其是天津的张牧笛还于2010年加入了中国作家协会。他们以自己的灵气、勤奋，正逐渐走向中国文学的前台。

张牧笛、张悉妮、原筱菲、高璨、苏笑嫣、王立衡、李军洋、孟祥宁、厉嘉威、李唐、楼屹、张元、林卓宇、韩雨、辛晓阳、潘云贵、王黎冰、李泽凯等无疑是这一代的代表。这其中我特别欣赏原筱菲。她不仅诗歌、散文等写得棒，美术作品别有特色，摄影作品清新可人。在报刊发表文学作品、美术作品、摄影作品2700多篇（首、件）。还有苏笑嫣。不仅诗歌写得好，小说也受评论家的好评。尤为可贵的是，她完全依靠自己的能力行走文学，却不去借助自己父母的关系走丁点捷径。还有张元。一个西北小子，完全凭自己对文学的执着，硬是趟出自己未来的文学之路。还有韩雨。学科公主，加上文学特长，使得她如鱼得水。

著名文学评论家白烨曾发表文章将40岁以下的青年作家群体细分为"70年代人"、"80后"和"90后"。他评价，90后尚处于文学爱好者的习作阶段。从创作来看，青年作家普遍对重大历史事件有所忽视，对重要的社会问题明显疏离，这使他们的作品在具有生活底气的同时，缺少精神上的大气。不过，在他看来，这些年刚刚崭露头角的90后有着不输于80后的巨大潜力。（转引自《南国都市报》2012年9月18日）

但不管怎样，成长是他们的方向，成长是他们的必然结果。

这次选编这套书，就意在为90后作家的茁壮成长播撒阳光，集中展示90后作家的创作实力。我们相信，只要90后的小作家们能沉下心来，不断丰富自己的阅读以及丰富自己的社会积累，努力提升自己写作的内涵，未来的文学世界必然会有他们矫健的身影和丰硕的成果。

我们期待着，读者也期待着！

目 录

1

第二辑 看云起时

第一辑

行至水穷处

疯狂的兔子

一

我要给你讲一段岁月，一个有关我自己——女生钟晴的岁月。这段岁月不像小说里那样动荡不安，可以说有些寡淡，但充斥了我细腻的情感。

那应该是初夏的时候，空气中还是大太阳的灼热气息。阳光从树梢间窥探着玻璃窗，每一次呼吸都仿佛喷薄着热量。

我"吭哧吭哧"地爬着楼梯，心里郁闷着新的微机房干吗要设立在顶楼。终于到了，抹了一把汗，很自然地走向最后一排我的座位（虽然是新微机房，但座位是事先排好的），却发现一个挺拔的背影正堂而皇之地坐在我的位子上，用鼠标操纵着单机游戏。

"缺德……"我在心里冲那个背影翻了个白眼，然后帅气地把右手往桌子上一撑，努力想装出强势的样子，却在高枫透过来的无辜眼神中败下阵来。果然啊，在有好感的人面前十分不争气……不过，就算是这样，也不能随便霸占座位吧？我挺直腰杆，眼神写着"给我一个解释"。

最后的结果是我还是拎起书包去了高枫的座位——按照他的说法，

为了玩游戏他需要一个位置隐蔽的座位,而我的座位不幸符合标准。高枫的座位靠窗,我一屁股坐下来,书包的挂件晃了晃。

挂件是一只毛绒仿真兔,我忽然想起我当时买它想到的一个蛮文艺的理由:这段岁月里的我们心里都装了一只不安分的兔子。

兔子果然是很不安分,晃荡了好久。

无聊的微机课,我脱机后玩了一会儿纸牌,最后闲着没事儿随便点开了几个本地磁盘希望能找到一点好玩的东西。

几分钟后我忽然想到:会不会有人在电脑上存了隐藏文件呢?

这么想不是没有由来,微机房毕竟是几个班共用的,有些人为了玩游戏或许会建立一个隐藏文件夹。

这么一想我忽然来劲儿了,食指在左键上兴奋地跳动着,一番操作之后,再次点开几个本地磁盘。没东西,没东西……倒也不怎么失望,反正我本来就不太指望能有好运气。

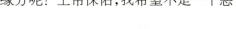

最后点开了 C 盘,这里面的文件一般都不可乱动,所以才最后犹犹豫豫地打开。不过,我很意外竟然真的有东西在里面。

一个名为"打开看看"的文件夹。

打开——又是一个文件夹,名字很无聊:再打开看看。

我不知哪儿来的闲情逸致真的就打开了。

"你有兴趣再打开吗?"

"继续点开。"

"就快接近真相啦!"

什么啊,无聊透顶……更无聊的是我居然真的就一路点了下去。原本以为会是一个恶作剧,恶作剧的人在最后一个文件夹会写:什么也没有。不过,出乎意料的,当打开最后名为"谢谢合作"的文件夹时,有一个文档,写着一串 QQ 号。

心里忽然很激动,这是不是缘分呢? 上帝保佑,我希望不是一个恶

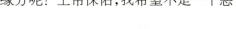

作剧。如果我心里真有只兔子的话,那么现在它在好奇地乱窜了。

我不由自主地往高枫的方向瞟了瞟,如果不是他,我可能还不会遇上这个文件夹的主人呢!而这个人,肯定不会是他,因为这是我们在新微机房的第一堂课。

看着他,我忽然叹了口气,就像任何一个这个年龄段的小女生一样,会为了自己一看到就心跳加快的人叹气。虽然不是少女杀手,但高枫还是有点小帅的,绯闻也是诸多版本。哪怕只是跟他无关痛痒的一次接触,就像刚才那样,我心中的兔子也会脱离桎梏,到处乱窜。他曾经跟我开玩笑说:钟晴,你心里藏了只兔子啊?

是啊!一只对什么都敏感的兔子。就连他这句很平常的玩笑话,都让我激动了好半天。

二

双休日,终于逮住机会上线。

要命!一眼就看到高枫的头像亮着,心里那种痒痒的感觉上来了,像是被兔子蹭着。很想跟他聊聊,却总是放弃。倒不是我迟钝想不出如何搭讪,而是我固执地不想放下架子,不愿流露出我对他的好感。死党展落灯每次问我,我也是含糊其辞:还好吧!只不过是这个年龄段一时的悸动而已。

而我反过来问展落灯时,她更干脆利落:不喜欢,真的不喜欢。

可谁知道呢?这些女生小心思。尽管在校园小说中被写过千万次,可生活总是让你无法一棒子打死。表面与内里,经常是相反的。

我最终还是像以前一样放弃了搭讪的想法,转而从口袋里掏出一张纸条,上面是我那天在微机房无意找到的 QQ 号。原本以为自己很快就会忘记，毕竟我经常干一些三分钟热度的事，可这次却意外地"热"到现在。

不知道对方会是怎样的人？

搜索结果出来了！我居然有点紧张，一口咬下冰棒，凑近屏幕看。昵称：高调的沉默，性别：男……虽然资料上显示的年龄跟我一样，但鬼知道是不是真的呢？

他在线，我点击加好友。

很快，验证消息有了回复。不似高枫那般的淡漠，他"嘀嘀嘀"发过来消息：你好！请问你是？

于是我哇哩哇啦把那天的经过讲完了，之后小心翼翼地问道："你是哪个班的？"

"七班，很高兴认识您哈！"第一次看到跟同龄人说"您"的男生，我的脑海里立刻浮现出一个小正太很有礼貌地跟我打招呼的样子。

"嗯……我怎么相信你啊？"

"我叫叶繁，你可以去七班问问啊！不过，真没想到，还真有人会发现我的那个文件唉！"

我暂时没理会他，说干就干，我要去问问七班认识的朋友。双击橙汁的头像，妮子先是一番我预料中的八卦，然后才屁颠屁颠地抖出叶繁的资料：他确实叫叶繁，确实是男的，确实在七班，长得还算对得起党和人民，暂无人追。

"哇啊啊，钟晴你走桃花运了唉！虽然叶繁没人追，不过这不代表人家是炮灰是吧？要抓住机会哦！我支持你……"橙汁还在滔滔不绝，我在心里问候了一下这个神经质女生的祖宗，同情他们怎么倒腾出这么个倒霉孩子。

这才发现叶繁的头像在闪动，我赶紧打开看看。他问我的姓名，我正准备敲给他，忽然兴致来了，想跟他卖个关子。我噼里啪啦一通敲，心里一阵坏笑："如果你想知道的话,下个礼拜五我们九班跟你们七班有一场篮球赛,我会给我们班当拉拉队,你到时候来找我吧! 拜拜! "说完,也不等他回话,我就酷酷地隐身了,直接去了网游。这年头,就要玩点神秘感。

让我奇怪的是,心里的兔子现在反而不跳了。也好,这说明我的大脑不是那么充血了。要是再充血下去,或许我还会"幻想"出我跟叶繁的浪漫故事呢。

网游里,发现我师父也在——我师父就是蒲子贤,那个最近正沮丧的混混。

似乎这次,蒲子贤受的打击挺大的,整个人都蔫了,不再像往日那样嘻嘻哈哈吊儿郎当。学校里,表面上看不出来什么,简单的黑T恤蓝色的牛仔裤和坏坏的笑容。但当他在QQ上跟我说"妹子,我决定放手"时,当他在QQ签名上写下火星文——希望别人看不懂,却又公开写在QQ上时,我知道他这次伤得很重,并且,也真的准备放弃了。

忽然想到一句歌词:很爱很爱你,所以愿意,舍得让你,往更多幸福的地方飞去……

老实说,我的长相既不是刘亦菲也不是芙蓉姐姐,属于看得过去的那种。让我一直备感欣慰的是,我的异性缘一直不错。跟我认做兄妹姐弟的,跟我掏心窝子的,跟我在羽毛球场疯的……都待我不错。

怪了,我脑海中总是出现这样的画面:蒲子贤闭着眼,右手臂搁在膝盖上手撑着额头,微微低头坐在墙角,像非主流一样伤感却不像非主流一样难懂。我并没有心疼,只是一个劲儿想帮帮他,却又无能为力。我是不是有点多管闲事呢?

也许我的多管闲事也有道理吧! 因为蒲子贤心中的那个她,我认识。

三

我的青春就是这样，塞满了一大堆的人和事儿。且大事没有，小事不断。

相信别人也是这样，如果他们乐意拿出其中的一段跟我分享，就像蒲子贤，那么我会深感荣幸的。

或者，在别人这段岁月的回忆里有属于我的一个角落，我也会很开心。

而我相信，我跟展落灯互相在对方记忆中占有一个位置。虽然说，这世界上没有毫无杂质的友谊，但我感谢她陪我走过这一段、多多少少看见这一段成长中我蜕变的痛。

她可以很安静地跟我走在一起，一句话不说却知晓我在想什么。有这样的朋友，就算她有时会耍耍犟脾气，但人无完人，也该知足了。

话说回来，一个礼拜的时间，有时很快，有时很短，大多数时间我觉得好短。每个礼拜一早上到班里，都有种久违重逢的感觉。

这个礼拜依然是在跟展落灯的嘻嘻哈哈中度过，互相调侃开玩笑，怎么也不厌烦。

偶尔会提起高枫，先犯一通花痴，然后又不知道怎么的扯到其他话题上。

事实上，每天在学校里，我总会偷偷观察一下高枫。观察了这么多时间，某一天有点悲伤地发现：他好像跟我想的不一样。

不知道展落灯怎么想的？于是我去问她。

"他本来就没你想象的那么好嘛！你当这是言情小说啊？当他是男主角啊？"展落灯不屑地摆摆手，极其潇洒。我白她一眼，然后开始正视一个问题:我到底对谁有好感啊？是对高枫,还是对我印象中的高枫?

不错,我对高枫其实一点也不了解啊。了解最多的,也只是他的背影。

是啊,只是背影而已,一个背影的印象,能给人多少错觉呢?

很早就发现,他也不是像我想象中那么光芒万丈。

更让我奇怪的是,就算我发现了这一点,我还是会对他抱有心跳的感觉。那天在微机房,明明是鼓足了勇气告诉自己:一定要煞煞他的威风! 结果,还是兔子一样逃跑了。

事实上,不止一次了,我悄悄回头看他,会撞上他的目光。

我会立刻心虚地败下阵来,他却只是驯良地微笑。

后来发现,那只是他的招牌动作。

尽管抱有许许多多的疑惑,但礼拜五,还是忍不住在球场上傻乎乎地给他加油。他投篮的动作倒是跟小说中描写的一样帅气,气势犹如长虹贯日。

嘶哑的蝉鸣乘风滑行,阳光眷顾地拥抱着篮球场,涂满了他洁白的球衫。我疯狂地大叫:九班加油! 鬼晓得,其实我很想直接大叫:高枫加油!

"展落灯,展落灯……你看到没有? 刚刚那个投篮,好帅哦! "我兴奋地大叫,头也不回。半分钟后,才感觉不对。猛地一回头,展落灯又不知道死哪儿去了,连个鬼影子都没有。有的时候真搞不懂她。

其实还有一件很重要的事想跟她交流来着:那个叫叶繁的人。

真奇怪,我居然还在"热"。虽然这热度也降了一点,但还不至于像以前一样让我忽视掉。我感到惊奇,头一次,我的大脑没有被高枫腾跃在球场上充满生气的背影完全占据。

老远的,就看到了橙汁。我又蹦又跳,挥着手叫道:"陈知语,陈知语! "橙汁也看到了我,像一只笨笨的小熊一样跑了过来。阳光逗弄着我的眼睛,沾染了金黄色的视线里风在穿梭。

008

四

顺着橙汁手指的方向，我看到一个正欲盖高枫的帽的少年。

短短的头发很整齐，端正的五官，线条简洁的眼睛。被汗水浸成深色的短袖黄 T 恤，身材高瘦，正在左右忽闪，伸展的双臂像鹰的展翅充满着灵活与力量。隐隐约约听到旁边七班的女生在议论："想不到平时闷头闷脑的叶繁还有两下子啊！"

"……那个就是叶繁，虽然没有高枫的那种气质，但是也看得过去对吧？"橙汁的声音像一粒粒弹珠落在我的心上，我却没有细想她的话。我在思考的是：那天叶繁并没有告诉我他也会参加比赛。

看来他也卖了个关子呢！

"咦？蒲子贤也在啊？"橙汁的语气很熟稔，不过我没注意。

老实说，无论是相貌身材还是球技叶繁都不及高枫。高枫左突右转，鹿一样的修长双腿活动着，在充斥了塑胶味道的球场上映出缭乱的影子。一个腾空，稳稳当当的扣篮——球进了。

"现在的比分是 11 比 8，我觉得我们班会赢。"一边我们班的女生小声议论着。

完了完了，本来眼睛看高枫就不够使了，现在还要关注叶繁，干脆左右半脑分工算了。

"怎么样？看到叶繁了？"一个幽幽的声音响起，我吓了一跳。回头一看，展落灯死回来了。

"那个就是。"我格外平静地指指那个身影。叶繁的事情，展落灯是除橙汁外我们班唯一知道的。

时间一点点流逝，我觉得我的心随着球场上的两人在奔跃，像兔子。

展落灯又走了,我独自思索着:叶繁还记不记得上次在 QQ 上的交流? 会不会来找我?

就算他会找,我连名字都没告诉他,他怎么找啊? 看来,最好是我去找他。可是如果他根本就不在意这件事呢? 那我不是自找尴尬?

矛盾啊矛盾。

刚刚还觉得时间在闷热的天气中过得很慢的我,现在忽然觉得时间过得好快。一声哨响,比赛结束。我们班几乎是预料之中的赢了。矛盾归矛盾,开心还是要开心! 我跟不知何时又死回来了的展落灯跳起来击了个掌,九班的欢呼声像成片成片的昙花一样炸开。

我不跳了,因为我看到了沸腾的人群中缓缓行走的叶繁。我紧张兮兮地盯着他的一举一动,他随意地偏偏头,我疑惑他是不是在找我?

他一步步走过来,走到我们九班的范围。

他的目光越过我,略带迷惘地寻找着什么。末了,他好死不死地拉住展落灯,略带腼腆地问:"请问,你知道你们班网名叫'stop'的女生是谁吗? "

一瞬间我看到展落灯眼中被点燃的八卦热情……她阴森森地转过头来冲我笑……

"……既然能遇到一起,也算是缘分吧! 以后有空聊聊吧! 对了,你平时喜欢干些什么? "

我叽里呱啦报出一连串我的兴趣爱好,也许是因为初次面对面的紧张,连声音都有些微微的颤抖,叶繁也是,眼神一直飘忽。而现在,我们正走在依偎着绿荫的坡道上,隔着半臂距离。

最后发现好像没什么话说了,于是拜拜。

晚上上线,发现还真热闹。高枫、展落灯、橙汁……一大帮子人静音的静音,忙碌的忙碌,隐身的还不知道有多少。叶繁不在,每个礼拜这天晚上他都要去上课。

"在干吗啊？你们班上人最近还好吧？"橙汁发话过来。

"还好啦！蒲子贤只是有点怪怪的。"蒲子贤与橙汁是初中同学。

猛然，高枫的头像闪了起来。

我感觉我心中的兔子狠狠地撞了一下胸口，我忙不迭地点开头像，是他很简单却让我"受宠若惊"的一句：在啊？

明明很想说：在在在！结果是一个字：嗯。

我觉得我好纠结……不争气啊不争气。

"在干什么？"

"网游，你呢？"

"魔兽对战。"

然后就不知道说什么了。我的脑袋里又蹦出一个问题：

我的大脑一片混乱，他为什么会找我搭话呢？这算不算搭讪呢？我是不是应该装一下神秘呢？要不要再找他搭话呢？我想也许我真的不是那么勇敢果断的女生，犹犹豫豫，真讨厌这样的自己！

我想我也不是在他面前降低了自己的身份，我只是不会随机应变而已……

老妈又在河东狮吼了，我赶紧下线。丝毫没注意到设置静音的我，消息盒子里有几条消息。

五

我是相信缘分这种东西的。

我觉得我跟叶繁就是有缘分的，佛说，前世五百次的回眸换来今世的一次擦肩而过，也许这就是对缘分的最好解释。

我觉得我跟叶繁有缘，起初还没有这种感觉。随着跟他几次的交流，发现我们总是话很投机。不知道为什么，我会觉得很信任他，觉得他很可靠。用橙汁的话说就是：叶繁心地很好，也很老实，不会耍宝。

橙汁每次说完这句话都会怪怪地问我：你不会对他有意思吧？

"没有。"这两个字我说得一点犹豫都没有，而我自己都对此感到奇怪。是啊！无论怎样的交流，叶繁在我心中的位置都是：好朋友。恪守着这个位子，一点都不会越界。

也许，有些人注定是对方的知己。但也只是知己而已。

扯远了。

我问自己，我究竟信任叶繁到什么程度呢？这个问题很快就被我解决了——信任到，我可以把自己的懵懂都放心地交付给他。

"……第一次看到他是在运动会的时候，他在运动衫的外面套着火焰纹的奥运主题外套，沉默寡言，一个人很安静地坐在草坪上看漫画。记得当时，我也在看书吧！过了一会儿，他似乎是跟我旁边的人借书，借完之后干脆就坐在那儿了——于是，我跟他背对背坐着。哪怕只是衣服小小的轻擦，都会感觉心中狂跳。后来我实在忍不住，说'能不能往后面去一点？挤到我了'，他依旧是沉默，往后面去了些。"

这段被我像做梦一样打完的字句，说的是高枫。

"表面上看，好像是我嫌到了他。其实，只是因为太过敏感所以才会连背对背坐着都会感到不适吧！"我在键盘上又敲道，然后长舒了一口气。

叶繁良久不语，我估计他是在思考。他依然没发话过来，我心里莫名其妙的有点不安。

末了，他说："高枫……您了解他吗？"

"嗯，说真的，不了解。怎么了？"

"呵呵，我跟他是初中同学哦！"

如果这是一部漫画，那么我相信我听他这么说后画面是这样的：背景是郁闷的酱紫色，Q版的我满头黑线，嘴巴咧成夸张的造型，后空一道闪电降下……

"不……不是吧……"

"是真的啊，我干吗骗您。"

我正想再说些什么，老妈充满"杀意"的目光投掷过来，于是我匆匆下了线。倒霉！一到关键时刻就掉链子！

第二天，又是微机课。我，和我心里的"兔子"，一起"嘿咻嘿咻"爬到了顶楼。重播了上次的剧情之后，我依然去了高枫的座位。

坐在这个位子上，探进窗的风沁人心脾。时间真快，快得让我想在空旷的地方大吼几声来宣泄心情。

悄悄避开微机老师高度近视的眼睛，我吮了一口"酸酸乳"，然后脱机，然后继续无聊。

鬼使神差地又点开了本地磁盘C，我完全搞不清我的大脑向右手下达这样的命令的动机是什么。我是不是在期待什么呢？应该是吧！要不然我怎么能感觉到心中的兔子绷紧神经、正在透过我的心房窥视着电脑屏幕呢？

我打开了那个隐藏文件。像俄罗斯套娃一样，一个一个打开文件夹，打开最后的那个文档，我终于向第六感投降——我那没由来没道理的期待居然有了回应，叶繁给我留了一段话：钟晴，你看窗子外面！上次我在微机房发现这个位子的窗外有东西！

我疑惑地往窗外看看，什么也没有啊？

什么也没有……我的嘴角尴尬地扯起……

完了……我又被耍了……这么低级的手段我也会上当……

果然，当我再把文档往下面翻的时候，看到叶繁用符号打出的坏笑的脸，外加一句话：哈哈！上当了吧？

我觉得我仿佛能看到叶繁得意的样子，内心狂吼：啊啊啊！叶繁你给我等着!

等我再往下翻,又看到叶繁说:不要生气啊,逗你玩儿的! 祝,开心!

这还差不多……我情不自禁笑了笑,望望窗外,阳光尚好。也罢也罢! 与其这样天天悄悄捕捉高枫虽然耀眼但却遥远的背影,还不如就这样踏踏实实地跟叶繁交流、谈天。互相爽朗地一笑,什么都乐意交流,不会悸动,但图个心里踏实。

六

那之后经常能在这个隐藏文件夹里找到叶繁给我留的只言片语,每次看完,都觉得很贴心。而我也会跟他开开玩笑。其实也不是没想过,不知在哪儿看到的一句话:当一个孤单的男孩儿喜欢对你微微一笑时,他已经喜欢上你了。因为觉得两个人跨班级见面的时候会很拘谨所以很少见面,但每次见面他都笑得像一只憨厚的招财猫。

也不是没有小心翼翼地想过,叶繁是不是对我有好感呢?

想完之后又立刻摇头,不知道为什么,叶繁身上那种平静安稳的感觉让我觉得他只是很微妙地把我同样恪守在"知己"的范围内,他给我的感觉,更像是一位兄长。他也会开玩笑,但本质上情绪很难激动、冲动。而我在他面前,会不自觉地退去了平时风风火火的"外套",露出的是平和淡定。

"……你当这是什么? 小说啊? 高枫是那种小说中可望而不可求的人,那种言情小说的男主角往往是靠不住的。我反而觉得,像叶繁那种才是真正靠得住的。虽然讲他让你不要吃爆米花 KFC 表面上让人难以接受,但事实上他是从健康的角度考虑的啊! 再者,他要是对你没好感,他关心你的健康干吗呀? 对吧? "展落灯叽里呱啦发表了一大堆她的看法,见我不作声,也就闭了嘴。

还是不对,不对……真的,叶繁是那种容易亲近但不容易动情的人。我更觉得,他的这种关怀甚微其实是一种他的处世态度。

何况,我也不是太了解他吧!

比如,我搞不懂,为什么他很少跟我提起高枫,毕竟是他的初中同学啊。又比如,我搞不懂为什么像阳光一样明朗的他,在班上却是独行侠。

当然,一个人一个性格,谁也说不清。

跟叶繁的交往让我不知不觉想开了许多,是啊!对高枫的感觉只不过是这个年龄段一般女生都会有的悸动,那只是单纯的好感而已,充其量就是:我喜欢他。但这个"喜欢"没那么简单。

礼拜二,一场降雨决决而来,雨水在城市的大街小巷肆流。我的脑袋昏昏沉沉,窝在被窝里像一只躲避雨水的鸵鸟。

客厅传来开门的声音,临走时老妈叮嘱我要记得吃退烧药。

"咔嚓",门关上了。

一切恢复安静,唯有窗外的雨声像沙哑喧嚣的音乐。

我翻了个身,寻思着这个时候班上正在做什么。也许展落灯正在一脸愤怒地敲着桌子让大家安静,好好读书;也许高枫依然会跟展落灯开一个玩笑,然后埋下头一个人想心思;也许蒲子贤正在书的扉页随便瞎写,写的内容是那个女生……

我支撑着疲软的身体,穿好衣服,打开电脑把音响开到最大,《曾有你的森林》的旋律在房间里掀起波浪。这个时候自然是没人上线的,于是决定去百度泡一下贴吧。思索半天,在贴吧搜索里输入了"失恋"这个关键词。立刻,弹出许多以失恋为主题的帖子。其实我也不知道为什么我要找失恋的帖子,也许只是想知道城市钢筋水泥下的满目疮痍——这么说好文艺啊!

一页页往下翻,粗略地看着。看到一篇名为"把我失恋的回忆丢在这座城市"的帖子,出于好奇点开。楼主娓娓道来,一点一滴地罗列着他对她的感觉,一点一滴罗列着他对她的了解……反正最后,是他发现她对他其实没意思。

"我青春里动荡不安的岁月献给了她,我是个混混,而她不是。但她擅长交际,跟我们这帮浑小子也可以混得很好。可我们是两个世界的人。人说混混也会付出真感情?我想我说不清,但我清楚,我伤得很重。比我逃学打架还痛。现在好了,我要让她回到她的圈子里,而我,也会离开这座城市。"

我倒抽了一口气,因为我想到了蒲子贤,那个会拍拍我的脑袋的混混。

而真正让我觉得"惊悚"的,是我打开了楼主的资料,发现他就是我们学校的。再看看昵称,是火星文的"放手"二字。

蒲子贤的 QQ 昵称是简体"放手"。

这个世界太疯狂了,我望向外面灰蒙蒙的天空。

七

"蒲子贤你过来!"我把书包往椅子上一扔,直接拉着蒲子贤出了教室。

"蒲子贤,你是不是在百度上发了帖子?"

"你怎么知道……"

"你要去哪儿?"

蒲子贤有些失落地说了句:"因为爸妈工作调动,我要去江苏。"

他转过身去,伏在栏杆上。有关蒲子贤的家庭,我知道得不多。只知道他出身富贵,父母常年在外。

“你怎么去那边？坐火车吗？”

“嗯，我一个人坐火车去。”

“一个人？”

“嗯，反正又不是第一次。”

一阵沉默。外面又在淅沥淅沥的下雨，我注意到他脖子上那条在黑T恤里若隐若现的银色铁索项链，吊着一个镂花子弹。老实说，我不喜欢这样的项链。

“期末考试之后我就走。”

我点点头：“她知道这个事情吗？”

“不知道，没必要告诉她的。”

上课铃响了，蒲子贤又拍拍我的头，我们走进了教室。作为副班长的高枫正在紧锣密鼓地安排人手在教室后排加椅子，我不解地抬起头来看看蒲子贤。他解释道：“昨天你没来所以不知道，今天班上要来外班师生上联谊课。说是什么‘特色教学’。”

班主任急匆匆地闪进教室，眼角余光逮着我，立刻严肃地吩咐道：“钟晴啊！作为我们班班委会干部之一，这次联谊课你要好好发挥啊！”

在位子上坐下之后，外班的师生就来了——我晕乎乎地看着叶繁走进教室，他很快看到了我，冲我暖暖地笑了一下。

他用口形说了句：你好。当然，也有可能是“您好”。

他穿着一种面料柔软的短袖衬衫，柔软的质地突出一种柔和感，衬衫又勾勒了他的身材。他走到我这一组后面坐下，把课本放好。

很开心很开心，我对自己说，都没有注意到自己嘴角的笑意。

而坐在临近一组后排的高枫，惊讶地看到了叶繁。他尴尬地笑笑——反正我觉得他笑得不是很自然。而叶繁，依旧是那淡淡的样子，回笑了一下。

我有点奇怪，但也管不上那么多了。班长响亮地喊了一声：起立。

班主任在前面跟我们滔滔不绝地讲着语法,显然他激动了⋯⋯平日不大举手的我也算超常发挥,举了几次手。事实上,我一直在关注叶繁。他听得很认真,经常站起来用流利的英语跟班主任对话。

而高枫,依然是万年不变的样子,身在课堂心在外。就算这样,他的学习依然很好。老实说,我是看不惯这样子的。这种态度只能混过一时,随时都可能受挫。曾经我觉得这样的人很聪明,但升入高中后觉得还是踏实一点好。对于大多数学生,高考依然是最好的出路。

我看看窗外,香樟树依旧是那个样子,而我已经从假性近视迈入高度近视。转了一下眼镜盒,我心里寻思大学之后立刻换上隐形眼镜。我这么想着,眼镜盒一不留神掉到了地上,地面发出"啪"的一声尖叫。

我惊慌了起来——不是因为班主任装作不经意地扫了我一眼,而是因为叶繁就坐在后面。

就坐在后面啊!

我的眼神尴尬地四处"飘移",捡起来之后,无意看到高枫不带表情地看了我一眼。至于叶繁,我发现我竟然没有勇气回头去看他的表情⋯⋯太破坏我的美好形象了!

外面雨下大了,我恼火为何它无法吞没刚刚的声响以及我的心跳声。

这堂气氛还算活跃的联谊课之后,高三的强压袭来了。一切高考不考的科目取消,日子开始被考试填满。而我的近视度数,噌噌往上涨。

八

时间像车轱辘一样往前滚,中间不知轧死多少人⋯⋯有一天我忽然这么想。

"钟晴啊!以后上课可不要开小差了啊!马上就高三了。"叶繁不知是哪一天跟我这么说的。

我已经很久没跟他联系了，因为那个传说中的"高三"气势汹汹地来了。

高三的日子里，没有网络，没有篮球赛，没有一杯奶茶耗掉的一个下午，没有蒲子贤……我犹记得暑假那天蒲子贤在 QQ 上告诉我他已经在江苏境内时，我那种像突然吞了一个什么东西的惊讶郁闷。

说起那个暑假，我的脑海中总是篮球场……

很少上网了，我便经常出去走走。我的鱼嘴鞋踩在香樟树纷乱的影子上，空气是阳光与树叶混合的味道。撑着我老妈那把并不算很好看的阳伞，高温让我感觉自己像一只暴露在骄阳旷野上的兔子。

忽然有点想念展落灯，好久没联络她了。找了一个公用电话，她很失望地告诉我她出不来，我吞了一口唾沫，末了还是说：你真的不能来 A 中篮球场吗？

"真的出不去啦……"展落灯软绵绵的声音。

跟她拜拜，然后继续独自前行。或者说在城市的人流与热流中潜行。

总算走到了 A 中篮球场，找了一个位子坐下，拔掉耳机。我看到了活跃在球场上的高枫，心里多少有些惊喜。只是，惊少喜多，因为我知道他经常到这儿来打球。而我到这儿来是不是故意来看他的，其实我自己都说不清。事实上，介入我生活的叶繁，滚滚的时间流，繁忙的功课，成天唧唧喳喳的朋友……让我现在只不过想跟他做朋友。意识到这一点之后，我忽然觉得自己老了很多……

我也看到了蒲子贤，我的包包里是为他准备的赠别礼物。

但我没想到的是，叶繁也在。他没看到我，正专注地在运球。光与影在高温的发酵中灿烂糊涂成一片，我大声叫道："叶繁！蒲子贤！高枫！"

就像多年的老朋友那样，呼唤着。

回应我的,是叶繁惊喜的叫喊,高枫含糖量高了一点的招牌微笑,蒲子贤大声的调侃:"钟晴!看帅哥来了?"

"去死!"

蒲子贤依然戴着那条项链,随着他的跳跃,子弹高高地飘起,然后砸在他的锁骨上。不疼吗?我想。

我走过去,把新买的护腕递给蒲子贤:"收好啊!如果能再见的话,记得请我吃饭!"

蒲子贤毫不拖泥带水地收下了,我满意地点点头。

之后,跟叶繁一起在学校里逛了逛,聊了很久。他说他的梦想是成为一名律师,我有些惊讶地抬起头来看看他浸在阳光下的脸,不算帅气但很温和。"律师?"叶繁点点头。末了,他忽然问我:"钟晴,展落灯最近怎么样?"

"还好吧!怎么了?"我记得我有几次跟他提及过展落灯。

"没什么……"他说,低下头。

我忽然觉得有点迷惘,一种凉飕飕的感觉爬上心头。是不是因为叶繁没有向我坦诚而失望呢?或者为这个问题感到不解呢?

我不知道……不知道……我把撑着脑袋的手放下,从回忆中醒来。

回头看看高枫,他正在埋头苦干。毕竟是高三,高枫也一改以前那种作风,甚至连篮球都很少碰了。忽然感觉心里暖暖的,没由来的。

那个暑假也跟高枫交流了不少,觉得他并非那么高高在上的人。事实上,走近了就会发现他的招牌微笑虽然很程序化,但那是发自真心的。

他甚至也会在我考场失利的时候说:"这种起伏很正常的嘛!"会在道别的时候在"拜拜"后面加一个俏皮的"喽"。

看样子,我是真的不了解他。而了解他之后,他跟我说"其实你挺可爱的哦"的时候,我都不会眨眼睛。感觉就像蒲子贤跟别人说"你敢欺负钟晴"时一样波澜不惊。而蒲子贤,高三的忙碌再怎么在我的精力中冲刷,也冲不走那个空空的座位。

忽然觉得展落灯说得对:你当这是言情小说啊?确实,我的生活没有小说那么跌宕起伏。有些事情,例如我忽然就跟我曾经暗恋的人成为朋友,这样的事情小说里似乎没有,但生活中却很自然地发生了。

九

我站在篮球场上,四周很安静。

这是一年后的我,一年后的学校。

从我和高枫考取的那所大学回到这座城市,我只不过花了几小时,可我感觉,我穿越了时空。

高枫牵着我的手,我的右边是展落灯。

原本总觉得,故事到后来应该发生点高潮主角们才能分开。而现实告诉我,高考等不及高潮,或者,就算有故事的高潮原本会发生,但畏惧了高考,退缩了。

现在回想高三那一年,依然觉得浑浑噩噩。每天都是题海与笔记,每天都是老师与同学紧张的面孔……我们拿到了录取通知书,我们是不是丢了什么呢?

我握紧了高枫的手,那种真实感让我心安。我回想起当我拖着笨重的行李,在陌生的大学里找路时,一个熟悉的声音从后面响起:需要帮忙吗?

我回头时,世界都暗淡,只有高枫穿着纯白的衬衫站在我面前。

"为什么考这所学校?还有,你是什么时候对本小姐有意思的啊?为什么看上我啊?"几个月后,我晃着高枫的手臂半撒娇半认真地问道。

高枫这才把注意力从冰激凌上转移过来："先是觉得跟你做朋友不错，这种友情很好。后来觉得已经不满足友情了，就这样。至于我为什么看上你……应该是为民除害的大无畏精神吧！"

校园里回荡着我追杀某人的咆哮以及某人得意的奸笑……

"其实是因为我觉得……跟你在一起很踏实，从未有过的。不是悸动，图个心里踏实。并且，久而久之也想给你这种踏实的感觉。"后来的某一天，他一本正经地对我这样说。

怪了，这话听着好熟悉……我停止回忆，继续思索这句话，真的很熟悉啊！

然后我恍然大悟，这句话，当初是我用在叶繁身上的！

叶繁。

他现在怎么样了呢？我忽然有点不安与落寞。他是第一个给我踏实感的男生，让我敞开心扉。因为跟他不在一个班级，高考结束之后也没再碰上他，他也没有上过线，所以失去了联络。

是啊！我到现在都不知道他的电话。

展落灯忽然拽拽我的衣角，对高枫说："能不能把钟晴借我一下啊？"

"尽管使唤，别弄死就行。"

…………

还没等展落灯开口，我就先说："我知道，你跟高枫初中的事情。"

是的，展落灯跟高枫还有叶繁是同班同学，这是叶繁告诉我的。

展落灯曾经追过高枫，这是高枫后来告诉我的。

而我更乐意把那理解为，悸动。就像有时跟随父母出席他们的同学聚会，大人会哈哈笑着说：当年我还追过你呢！然后喝完酒。我不想错过高枫，所以那时我打断了高枫以及叶繁的解释，我只说：谢谢你信任我，告诉我，我没有不安，反而感觉很踏实。

听完我的话，展落灯迎着阳光笑了，握紧了我的双手。"谢谢你！"

她说。

我们俩转悠着，不知不觉转到了教学楼。一层层往上，仿佛看着我们的年华。到了顶楼，我忽然很想去微机房看看。

微机房里有人正在打扫卫生，我们推门进去。老师一抬头，居然是班主任！

"可怜哟……被校长逮到这儿来帮忙打扫卫生……因为上面搞突击检查……你们现在怎么样呀？"

因为一直得到老师赏识，跟老师也很谈得来，我们就聊了起来。之后我问老师能不能借电脑用一下，老师居然同意了。

"你们终于冲破高考了！老师其实也很高兴啊！哈哈……"班主任拎着拖把出去了。我忽然觉得那段时间被我们骂成"没人性"的老师，也挺可爱的。

展落灯在玩纸牌，而我则神经质地点开了当初我跟叶繁的那个文件夹。

文件夹依然在，那么安稳。

我看着文档里的言语，心中的温暖一点点漫上，我的心里现在已经没有兔子了，但情感已愈加丰满。

并且，我还发现了 D 盘另外一个隐藏文件夹。上面是对我青涩而委婉的表白，而落款是，深邃的森林。

那是高枫的网名。

十

"那天你生病了没来上微机课，而我恰好被老师抓到，回到了原来的位子，头脑一热就给你写了这个。你生病之后就没有微机课了，所以我白写了。"高枫像幽魂一样出现在我们面前。他说他在楼下碰到了班主任,听说我们在这儿,就上来了。

"咦?你说你是因为跟我做朋友之后才跟我有发展的,我生病那个时候……好像跟你还很不熟唉……"

"笨……如果说现在我们两个叫 BF 跟 GF 的话……这个文件夹里的……就纯属悸动了……而悸动,往往建立在两个人不了解的情况下。"

"就像我当初对高枫的悸动啦!"展落灯笑嘻嘻地转过头来。于是,我们都笑了。为年少曾经的悸动。

然后我们下楼。

我觉得眼睛有点难受——这是戴隐形眼镜的缺点。我眯眯眼睛,模糊的视线里,我似乎看到一个人影在拐角处一闪而过。那个人……似乎是……叶繁。

我呆呆地站在原地,一动也不动。那个人影,刚刚一直在远方跟别人边走边谈,但我们都没注意到。而他,显然也没注意我们。

如果他真的是叶繁,那么是不是因为我戴了隐形眼镜,所以他没能认出我呢?我忽然有种丢失什么的感觉,脑海里关于叶繁的回忆纠缠着。

"怎么了?"高枫关心地问。

"没什么……走吧!"

我们继续走着,向夕阳染出绚烂图案的方向。我忽然想到蒲子贤,于是问起。

"据说他继承了他老爸的公司。他快回来了,下次找大家出来开个同学聚会吧!"

"赞成!"展落灯兴奋地叫起来。我也连连点头,然后随着提及蒲子贤,我情不自禁想到了陈知语——橙汁。

是啊!陈知语就是蒲子贤的那个"她"。蒲子贤告诉我的时候,让我发誓不会告诉陈知语,我用我全部人格的力量点了点头。于是,这个秘密被保护得很好。

然而我不会知道,某一天我在 QQ 上被高枫发过来的一句话搞得晕乎乎,然后又被老妈吼下线,那次我的消息盒子里曾经是橙汁第一次鼓足勇气发过来的,对蒲子贤的嘘寒问暖。那之后,橙汁没有得到我的回话,想了想,于是登录我的 QQ 把那几句话删掉了——为了让人帮我挂 QQ,我把密码给了上线比较多的橙汁。而蒲子贤那条子弹项链,是他生日时收到的一件不知谁送的礼物。那个人,就是橙汁。

我也不会知道,夕阳把我们的影子拉得很长,延伸到刚刚那个人影的身后。叶繁转过身来,看着我们的背影,眼神是从未有过的落寞。末了,他又笑了笑,向我们走来。

直到他拍拍高枫,说,嘿。

没有预料中的相视惘然,我们笑得很坚定。因为,生活在继续,只要我们愿意,就可以演绎出属于我们自己的精彩。曾经惘然,曾经失落,也只是曾经。

"喂!下次一起聚聚吧!"

"好哇好哇!"叶繁依然是那样正太的语气。

嘻嘻哈哈着,仿佛回到了那段岁月。

车站,蒲子贤捧起那条项链,端详着,傻乎乎地笑了。信封上的字迹,他其实认出来了。但那时他马上就要去江苏,所以选择沉默。

他叫了一辆出租车,决定回那段岁月去看看。

图书馆里,橙汁伸了个懒腰,然后掏出手机,想要给蒲子贤打一个电话。

十一

曾经,我们都是一群容易惊慌失措的兔子。

我们在那片青春的草野上疯狂地奔跑。

直到,决定幸福地休息一下。

疯狂的兔子,疯狂的我们。

梅雨季

一

这是 A 城的梅雨季,整座城市都好像映照在青灰色滤镜里,浮躁的空气浴水后安逸了起来,钢筋混凝土构筑的一切也在泱泱雨帘中平添了几分江南水乡般的缥缈。

然而这些对于梅嫣来说毫无美感。

老旧的职工宿舍,302 号房间,墙上石英钟的秒针不知疲倦地走着,直奔早上七点半。

梅嫣像往常一样在孩子歇斯底里的啼哭声中醒来,她乏力地从被窝里起身,踢开乱糟糟的毯子,下了床。安抚好孩子喂给他早餐后,她还是决定绕过一地杂物,朝那间小得不能再小的厨房进军去弄饱肚子。总不能天天吃泡面吧,现在的食品安全本来就没保证。

丈夫孟凡早就出门了,昨夜他又是晚归,回想起来,自己从昨晚到现在跟他连句话都没说上。

她把隔夜的剩饭剩菜热了一锅粥,胡乱吃完,坐在桌前发呆。窗外的雨在屋檐上踩着混乱的鼓点,她有点心烦意乱。

究竟是从什么时候开始的呢？这种状况。

屋子因为疏于收拾越发显得狭小，蜗牛壳一样让人窒息；

孩子总在啼哭抑或流鼻涕抑或尿在身上，搅得自己筋疲力尽；

垃圾桶里的泡面杯堆了好几个，被踩扁了似乎还要再堆的样子；

以及孟凡越来越古怪的举动……

想到这儿梅嫣几乎是冷笑了一下。他当自己真是个没脑子的老婆吗？跟自己说话时开始有了敷衍的态度，面对询问时的眼神也开始闪躲，终日唯唯诺诺，家里的一切大小事都得她这个女人做主，有时他发信息还得跑到阳台上去……以前，可不是这样的。

恐怕，还是因为那个女人吧！

那女人，梅嫣不是没见过，也不是什么大美女，可她胜在自己刚毕业不久的那种青春气质。要知道，女人的妙龄，永远是比容貌更有力的法宝。

梅嫣倒也明白：男人，谁没个贪念色心呢！可自己的丈夫，哪里来的资本能把那女人吸引？想到自己的丈夫，梅嫣就气不打一处来。结婚这么长时间，依然只是个碌碌无为的小职员，住的房子还是单位分配的五十多平方米，朋友圈里没有什么优秀人士，兴趣爱好也实在让梅嫣不屑——看诗集，兴致大发时还会写诗独自赏玩。

梅嫣感叹：自己当初跟他就是因为被他那干净的文艺气吸引，谁知道随着时间的推移，当初的文艺在自己眼中成了无用的酸腐？

这社会哪里容得下什么诗意！梅嫣一边愤懑，一边打电话："喂？妈，是我啊……你现在过来帮我带一下小宝吧……对……对……好。"

她挂了电话，坐在梳妆镜前开始化妆。涂抹遮瑕粉底液，细描黛眉，用滚珠在双唇上抹一层唇蜜……从什么时候开始想开的梅嫣自己也记不清了，现在她只知道趁着尚未老去，要让作为女人的自己尽可能绽放得摇曳生姿。

<h1 style="text-align:center">二</h1>

忍耐着公交车里充斥的汗臭味,四十分钟后梅嫣抵达了经贸大厦,她是这里珠宝柜台的一名导购员。梅嫣每天看着玻璃柜台里那些晶莹剔透的珠宝首饰,感慨自己离它们最近,却也离它们最远。更让她费解的是,那些身材臃肿面相平庸的阔太太哪里衬得上那些漂亮的珠宝?明明读书时代曾被评为班花之一的自己,才能让那些珠宝更加熠熠生辉吧!

可现实的情况是,自己要费劲地把戒指塞上那些女人粗老的手指。偶尔会有男人的目光流连在梅嫣身上,假借看手链的名义细细端详她的一双玉手,满足胃口后就又匆匆离去。

但那人不同。

梅嫣是个聪明的女人,她能感觉到他不同。

他是自己高中时代的校友,如今是个成功的商人,梅嫣偷偷在心底浪漫地称呼他的单名:飒。

这也是梅嫣为何发现孟凡"有情况"时,还能保持那样容忍的原因。一方面是孩子太小不想影响他,何况自己并没有真凭实据,另一方面就是飒转移了她的注意力。

飒看自己的眼神,跟那些男人猫看到鱼般的眼神不同。那蛛网一样错综复杂的眼神里,交织着怜惜,渴望,关切,激情……以及一丝丝悲伤。

一个男人会为了自己悲伤,这让梅嫣感到小小的欢愉。

对,欢愉。梅嫣已经不是那个跟男生对视一眼都会脸红的少女了,纵使知道自己八成也只是那成功男人诸多暧昧中的一分子,也还是会近乎虚荣地感到欢愉。

当然,她也从未真让他占过便宜。

梅嫣站在柜台前,算算,飒也有好些日子没来了,隐隐的她有些失落。她双手扶着柜台边缘,葱白的手指不耐烦地敲击着玻璃柜,一双不安分的眼睛失焦的游落在商场的人群中。

像是感觉到了她的心烦气躁,一个穿黑色风衣的男人迈着沉稳的步伐走过来。

先是一惊,继而梅嫣不由自主地扬起嘴角:"这几天忙什么去了啊?"

飒笑,那双精明的眼睛隔着镜片与她的凤眼追逐嬉戏。他开口,言语中有着不傲不骄的自信:"忙着准备同学聚会去了,你也来吧?"

"聚会?你发起的?"

"嗯,你也来吧。"

她只是沉默。她想起上次同学聚会,自己坐在沙发角落里的落魄。那些曾经酸溜溜地赞扬自己美貌的黄毛丫头,那些曾经悄悄给自己递情书的愣头小子,如今,在她的眼中个个都比她活得满足。她害怕看到他们的优越,那只会让自己更加心酸。

她不明白他们脸上的笑靥从何而来,为什么自己就已经被这巨兽般咄咄逼人的生活压得喘不过气来。

"怎么了?不行吗?"对面的男人关切起来。

她客气地笑笑,遂想了一个理由:"不行,我得照顾孩子呢。"

"别让自己太累,好吗?"男人的声音温柔却坚定。

"我……你们都是同学当中的成功人士,我一个站柜台的,跑去干吗?"梅嫣说的是心里话。

飒先是一愣,继而轻笑起来,就像听到一个笑话那样笑。他说:"你等着……"话未说完,他就接起了电话。他冲她抱歉地笑笑,同时指指柜台里一条他前几次来就看了很久的手链。他让梅嫣为他包起来。

梅嫣俯下身去,从柜台里摸索着礼盒……

后来的同学聚会,梅嫣还是去了。

那天,梅嫣穿着自己最好的一套裙子,踩着细高跟鞋站在她只从公交车窗看过的高档酒店里。她听见自己的鞋跟敲击在锃亮的大理石地面上发出指挥家般的节奏,接待的小姐殷勤地迎上来向她做出标准而优雅的引路手势。

这就是有钱人的生活,她暗自唏嘘。

奇怪的是,在一片富丽堂皇间她并没有感到高兴。她顺着那个华丽的雕花大楼梯向上缓缓而行,不由自主微扬起白皙的脖子,她看到高高的穹顶上那盏灿烂生辉的水晶吊灯。

与那吊灯交相呼应的闪光物,是梅嫣纤弱的手腕上,那条做工精美的手链。

三

梅嫣坐在梳妆镜前,看着那条链子发呆。

链子是他送的,她也不是没有推辞拒绝,却还是被他快递到了自己手中,就夹在一本书里,她惊讶地发现了它,继而反应过来这是他"干的好事"。

而那天,她犹豫再三还是戴上了它。

奇怪的是,那天的聚会,却似乎也并未因此让她愉快多少。

她知道自己不应该享有它,但却……她困扰地扶住额头。她甚至想,如果不是因为飒送了自己一条手链,也许自己跟他相处时反而会更愉快。可这几日,自己分明是在躲闪他。要不,赶明儿给他送回去?

孩子忽然又啼哭起来,她把链子收起,赶紧上前哄他。

一阵窸窸窣窣的声响,是丈夫急匆匆的脚步声。她没有回头,不知为何觉得心里发虚。

"梅嫣？梅嫣？"孟凡的声音似乎有些慌张，她疑惑地转过头来。她锐利的眼神投掷到他身上，她看到他额头上甚至冒了汗。

"怎么了？"她问，语气尽量温柔。

"我出去一下！来不及了！晚餐不用做我的了。"孟凡说完就头也不回地走出了房间，几秒钟后她听到门开门关的声音。

她叹了口气，她甚至没来得及告诉丈夫，她今天为他做了他最爱吃的糖醋鱼。

又是这样一晚。她默默吃饭，刷碗，看无聊的肥皂剧……她也曾把手链拿出来把玩，最终也只是无趣地把它放回梳妆柜里收好。

末了，她又觉得这样不保险，摇摇脑袋，走向了主卧的床头柜。

第三个抽屉里，放着当年梅嫣的母亲在她出嫁时送她的首饰盒，带有一个小铜锁，梅嫣有唯一的钥匙。她打开抽屉取出首饰盒，把手链放进去，正欲关上，忽然又觉得有什么地方不对。

一团灰蒙蒙的意识悄然聚拢在她的脑海里，梅雨天的云一样。

到底是什么地方不对呢？梅嫣感觉怪怪的，想了半天。

抽屉，首饰盒，针线，账本，一些零碎……

不对……

不对！存折呢？！

梅嫣赶紧在抽屉里一阵翻找，心里七上八下，没有，没有……存折呢？！梅嫣感觉身体发软，几乎是跌坐在地上。

难道是家里进了贼？

不对啊，那为什么首饰盒里的东西一样没少？

她近乎神经质地从地上跳起，匆匆忙忙冲向客厅，拿起听筒拨号："喂？孟凡？跟你说个大事儿……不得了了啊！家里存折不见了！"

听筒那边却一阵沉默，梅嫣的心里忽然有种不好的预感。

丈夫略带歉意的声音传来,那声调疲软,回荡在耳膜上像裂了缝漏了气的鼓面受触传来的震动:"……存折是我拿走了,不用担心,我马上回来。"

梅嫣激动得正欲大声嚷嚷,那边却挂了电话。

她像被抽走芯片的机器人一样呆立在客厅里,末了,她坐到沙发上无力地垂下头去。她真的不明白,这一切究竟是怎么了。

一切都叫人心烦。

手链也好,存折也好,都叫人心烦。

她就那样丢了魂的坐在沙发上,坐了一夜。直到凌晨孟凡回来。

她什么都没说,只是先走上去狠狠剜了他一眼。她在做最后的忍耐,等他自己摊牌。丈夫像一条缺水的鱼在强势的自己面前明明处于下风,却被捏住喉咙般地沉默。

太阳逐渐在窗外升起,相对而坐的两人却感觉不到暖意。

"她……出了车祸……需要钱……"总算是开了口,借着那一丝曙光。

"她在这里无依无靠……"

"那她就来依靠你这个有妇之夫?"梅嫣冷笑。

丈夫抬起头终于敢正视她一眼,那眼神充满痛苦:"小嫣,别这样……"

"那你要让我怎样?!我才是受害者啊!你要我给那个狐狸精让位是不是?!"梅嫣激动地站起来,要不是怕吵醒孩子,她早就嚷嚷了。她甚至感觉鼻头发酸。

丈夫叹了口气:"小嫣……真的不是我主动的……是她,看到一些我写的东西,很感兴趣,就跟我来探讨……一来二去,也就熟了……小嫣,相信我!她只是个什么都不懂的孩子,她还小,她都不明白自己在做什么!"

"但是你懂啊!一个巴掌拍不响!"

"我……我不知道该怎么做……她……那种可怜的样子……我真的不忍……小嫣,除了平时比较照顾她,这次借给她钱,我发誓就再无其他了!"

梅嫣不语,她很累。

"小嫣,你才是我合法的妻子!"

"小嫣,小嫣……"

四

病床上的女孩儿,面容还带着学生气,清汤挂面,看不出哪里有吸引人之处。

她病床的床头,居然放着一本丈夫的笔记本,里面洋洋洒洒的是丈夫摘抄的一些励志诗歌。

梅嫣说不出的心痛,却无力发火。她叹了口气,在病床边坐下。

她还在考虑怎么开口,女孩儿却先说了话:"我知道你是谁。"

那双清澈的眼睛直勾勾盯着自己。梅嫣觉得自己如果是一只猫,那么此刻肯定竖起了全身的毛。

两个女人很快开始了唇枪舌剑。

她的每一句话,都让梅嫣想要扑上去挠破她的脸。

"我是真爱他的。"

"……你有我了解他吗?你了解他笔下的那个精神世界吗?"

"你能管他的衣食住行,你能管他的精神世界吗?"

"你只懂得柴米油盐酱醋茶的生活,你能懂得跟孟凡讨论诗歌吗?"

"孟凡早就跟我说过,你是个完全不懂生活情趣的人。"

"你,不适合孟凡……"

"我不适合他?!我是他老婆!在你不认识他之前我就是他老婆!

你又是谁？！凭什么在这评头论足！"梅嫣气得咬牙切齿。

女孩儿费力地起身，递给她手机让她看收件箱。梅嫣一条条看，看得心都寒了。虽然，丈夫并没有对这个女孩儿讲一些亲热话，但却总是在抱怨自己的不是。

他在一个外人面前，否定了自己。

梅嫣颤抖地转过身去，女孩儿的双唇仿佛刀片一样张合着啃噬她的生活："……我可以发誓我是真爱他的，我发誓我可以照顾他。为了他，我刚刚甚至拒绝了一个纠缠不放的大款来探病……"

"够了！"梅嫣尖利地叫起来，她的手已经扬在半空中，带着三分力道七分悲痛就要袭向女孩儿的脸，女孩儿瞪大了眼睛忘记了躲避，她没想到她敢对一个病人动手——

"小嫣！"随着一声惊吼，梅嫣的手被抓住，她回过头去发现竟然是……飒？！

他的手里，还抱着一束玫瑰花。

我刚刚甚至拒绝了一个纠缠我不放的大款来看我……

蓦地，梅嫣就想起这句话。明明，说这句话就是刚刚的事，但现在回想起来，竟然恍如隔世。

"呵呵，她也是你的小情人？"梅嫣冷笑，甩开飒的手，快步走了出去。她听到身后渐远的病房传来飒对她急切的呼喊以及病床上女孩儿的怒斥：不是叫你不要来的吗？！我说了我爱的人是他……

梅嫣的双眼早就被泪水模糊，她走出医院招来一辆出租，回了家。

打开家门的那一刻，她刚松了一口气，却发现孟凡坐在沙发上，手里拿着那条手链。丈夫见她回来，抬起头像一个绝望的圣徒仰望耶稣受难像那样望着她。

梅嫣能感觉到，自己的身体抖了一下。

这才反应过来，那天因为发现存折不见了太慌张，忘记把首饰盒锁上！

“这是……什么？”孟凡的表情，是真的痛苦。他的双眼通红，手也在微微颤抖。那条亮闪闪的链子，在他手中恍如滑溜溜的毒蛇。

梅嫣没有答话，她缓缓地别过头去。

五

这是 A 城的梅雨季。

窗外，灰蒙蒙的雨还在下。

那是神灵的眼泪抑或恶魔的涎水，圣临于世。

零度青春

"零度，亦比喻空无所有。"

——题记

　　这是在高二期末考试的考场——与其说是考场，倒不如说是刑场。正在刑场上受刑、被那些白花花的试卷凌迟的我，不时心怀鬼胎地往左首边看看。

　　哦，不，我左首边没有能给我递小抄的同学，只有一套普通的课桌椅——起码三分钟前我以为那张桌子是普通的。

　　一般来说，课桌经常成为学生用笔头写点什么宣泄情感的对象。根据我多年来的经验，课桌上不外乎如下内容：给自己鼓励的名言警句，感伤煽情的文艺碎语，骂哪个同学是猪头的慷慨陈词……

　　三分钟前这张桌子上写的无非也就这些。

　　可当我对着数学试卷欲哭无泪、抬起头来无助地张望时，忽然发现——

　　左边桌子的右下角，有类似于铅笔字迹的东西慢慢浮现。

　　我揉揉眼睛，应试教育把我摧残得都出现幻觉了啊！

再睁开眼睛,那些字迹越来越多了,明白地写在桌子上。瞬间我感觉后背冒汗,我不动声色地往左边挪动,用余光瞟到:那些字迹是一些字母和数字。

奇怪……那些字母怎么很眼熟……不可思议!我转过头去看看我的选择题答案,真的,基本都跟桌上的字迹吻合!我再看看填空题,把数字带进去验算,符合题意!

难道,这张桌子在向我提供答案?!从小到大我接受的可都是唯物主义教育,眼前的一切活生生就是都市怪谈啊。

低下头,试卷是大片空白。

铅灰色的字迹依然在执着认真地浮上来,字迹已经写完解答题了,正向压轴题进军。

看看手表:还剩下四十分钟。

我埋下头开始奋笔疾抄,笔尖兴奋地摩擦着试卷。哦,不,正确率不能过高,会引起怀疑——抄答案罪该万死?那也比拿着一张惨兮兮的试卷回家面对板着脸的父母好。

完成卷面后,我靠在椅背上舒了一口气。差点,差点就又要忍受老师的说教和父母的斥责……没错,当激情被一次次打击削减、冷冰冰的责备与压力重重砸下,我的青春已降温至零度。我怀疑自己根本不是读书的料。

目光回到桌角:那些字迹又都不见了。还真是"人性化"啊……我对桌子差点感激涕零。

铃声响起,答题卡和学校统一分发的草稿纸收上去,答题卷带回,考生们鱼贯而出。

我正向校门走去,几个同学忽然围上来。

"小康!"同桌一脸激动,挥舞着手里的答题卷。不好!看这架势,是要互相对答案。要是在往常我无所谓,可今天……那些题目我只是一通照抄,天晓得他们问我我能不能答上来。如果答不上来,答题卡发下来的时候我怎么解释？

"我急着回家呢！"我得开溜。

"几分钟就好！"卷子摊开在我面前，大家七嘴八舌。我赶紧搪塞道："写了那么多，我自己都不记得了！"

"解答题总记得吧？看看这题你是不是也这么做的？"同桌一脸期待加紧张。

我没法说我不记得！这可是数学解答题，如果我真会做就不可能不记得解法。其实我不会做，但我答题卡上却是"会做"的……不妙啊。

"差不多……"我硬着头皮嘟囔。

"还有这个呢？"同桌你饶了我吧。

"我真的要回家了！"我的脚开始不安分地挪动。很遗憾同桌没理会我，因为他看到了一个人："张老师！快，咱去问问他！"

我感觉像是吃了一块姜——怎么这么倒霉？！又转念一想，也不能怪我背，以往考完试也是这种情形，只是今天我情况"特殊"……

"哎呀完了！小康，咱俩这几题都做错了！"同桌黯然神伤，而我的心里阵阵发慌——但愿那张桌子给的答案是错的！我要是做对了，在交流试卷时怎么跟同桌解释？

我魂不守舍地往校门走去……怎么办？那些题目加起来大概有几十分，几十分的出入，能说是口误？我几乎能预见同桌狐疑的目光，又或者，我这次"超常发挥"，老师会起疑心吗？

啊！不好！想起来了：因为我的答案都是照抄，所以草稿纸上未留下多少演算过程。然而这次是大考，草稿纸都是收上去了交给各班老师的！

如果老师起了疑心，翻看我的草稿纸怎么办？！尤其忽然考得不错的学生……以前听说，老师会特地看草稿纸"关心"一下。

我几乎已经预感到自己的名字被全校通告！

三天后。发试卷。

我相信此刻我一脸僵硬如同小时候被逮住偷吃零食。

我会被叫到办公室去吗？焦虑啃噬着我。上天保佑，老师别起疑心，同桌别起疑心……

啊！老师叫到我的名字了！我浑身发紧。他的脸阴沉沉的，目光闪烁，狠狠瞪我。我像受刑犯一样缓缓走过去。老师盯了我很久，随后我耳边一声惊雷——

"小康！你又没及格！"

什么？！

我难以置信地接过卷子——卷面上我抄答案的部分，居然全是空无所有？！不顾老师满脸阴云，我在心里欣喜若狂：太好了，我没及格！

虽然百思不得其解，但真是万幸了。

放学后。

正走着，忽然一个熟悉的声音从背后神秘地说："喂，小子，那张桌子校方已经弄走啦！你以为你是唯一被它戏弄的考生吗？别忘了考场座位安排是随机的啊。"

回头，我目瞪口呆。是老师。

"不过没关系。我相信，没有它，你也能考出好成绩！"他冲我调皮地一笑，走了。

有些东西忽然明晰了。

我低头看卷面上的大片空白，我在想它之所以空无所有，是因为它正等待着跋涉于青春中的我去创造些什么。

我收好我不及格的卷子。这是我的零度青春，它等着我用热情加温。

而零度，比喻空无所有，因而等待丰收。

龙套

一

其实有时我会想，两个人能够相遇就是缘分。至于有没有成为恋人、朋友……那是次要的。

好吧，我承认这是我自我疗伤时想的话。

但，就像刘若英的歌里唱的：地球上，两个人，能相遇不容易……千千万万的人中，我偏偏遇见他。他是怎样的人呢？狡猾，冷静，顽劣，精力充沛……这样的人，像有着美丽斑纹的野生动物，迷人而又危险……

二

会认识颜锡完全是因为佟暖暖。这个从来都是有福不同享、有难共同当的有钱死女人，在某天晚上一脸羞涩地爬到我的床铺上，欲语还休，呼吸紊乱。吓得我一把抓过被子角捂在胸口，大惊："佟暖暖，你要干什么？！"

那厮完全没有理会我的惊恐状，仰起她的大脸，死死盯着我："撒婕，春天是个适合恋爱的季节对吧？"

我边点头边严肃地说："但不代表你可以乱发春。"

"这不是重点……重点是，我们室友加闺蜜，我有要紧事你帮不帮我？"

我把被子抛开，狐疑地看着她。

之后我们抱着大枕头挤在一起聊了好久，主题是佟暖暖的"恋爱作战计划"：在明天，借给那个高年级学长庆生的契机向他告白，用她火辣辣的心将其一举拿下。而她告白所需的情书，需要我这个文学社成员来拟稿。

那个学长就是颜锡，传说中被老爸用宝马送来学校的狮子座男生，连我们这些新生都知道。他拥有一切言情小说中男主角的可恨设定。

"但是，暖暖，你觉得你成功的可能性大吗？"我扶了一下眼镜，真诚地问。

"一切皆有可能！我坚信！"穿着粉嫩的小熊睡衣的佟暖暖挥挥粉拳，一副志在必得的样子。

我把头扭过去不再理她。我在想，多年前那个广告设计师灵光一闪吼出的广告词，祸害了如今多少单纯的孩子啊？尤其像暖暖这样出身富裕从小顺风顺水的女孩，会相信这句话也是自然。

但秉承着"助人为乐敛人钱财"的思想，最终我还是从床铺一跃而下，跑到桌前坐下开始斟字酌句地写情书。老实说，我还是有些兴奋的。这是写给学校里风云人物的情书啊！虽然是帮别人写。我的脑海里总是不断闪现着佟暖暖春心萌动、粉红冒泡的样子。唉，少女情怀是多么美好！

十分钟过去了。

半小时过去了。

一小时过去了。

被暖暖一次次封杀，草稿纸揉了一团又一团，我在橘黄色惹飞虫的灯光下忍无可忍——

"佟暖暖，不管这事儿最后成没成，你都要请我吃大餐！"

那厢，她正跷着二郎腿细心地刷着 Dior 蜜桃色指甲油："放心放心，我跟他约会后的剩饭剩菜可以打包带给你。"

我是真的很奇怪，她到底哪里来的自信？我把钢笔放下，转过头去用一种执着如地下党员的眼神盯着佟暖暖。

果然，在我必杀的高压眼神下，她乱了阵脚："干吗？"

我转过身去不看她，装作很随意："你到底？"

欲言又止，剩下的话等对方来说，这是资深八卦女的诀窍。

佟暖暖叹了一口气，然后猛地熊扑到我后背上："小婕啊，我都暗恋他好长时间了，而'暗恋'怎么适合我这种行动派人士呢？我课前给他送早点，课后给他补笔记，他总算是有点反应了。那天我好不容易才从班上狗仔队里搜刮出来情报：他跟他哥们儿说对我感觉还不错！还不错哦！"

我把树懒一样趴在我身上的某人拽下来。我已经不想跟这个智商因爱情降为负值的女人去解释什么叫"还不错"、什么叫"有好感"。

入夜了，窗外的世界很安静。

佟暖暖算是让我见识到了什么叫"责任意识淡薄"。她在给我泡了一杯浓茶之后就打着哈欠上床大睡了，留我咬着笔杆在桌前苦思冥想。

后来我发现，没有佟暖暖聒噪，似乎更适合写情书的氛围。

那个矫情的夜晚，一人，一灯，一窗，一轮月，一曲单曲循环的《七里香》，脑子里不断回想着自己当年初恋那会儿，心静下来后我进入状态了。

进入状态是什么？就是战神附体！我的灵感忽然大爆发，几乎文思泉涌,提起笔唰唰奋笔疾书。辞藻华美不失真切,语言火热不失矜持。在我的笔下,佟暖暖时而古灵精怪,时而清新多愁……

说真的,后来颜锡会"瞎了眼"看上佟暖暖,我的那封情书绝对功不可没!为此我从佟暖暖那儿蹭了两顿必胜客、一件淑女屋,她也没嫌多。

可颜锡究竟是怎样跟暖暖走到了一起一直是个谜,情书毕竟是次要因素。颜锡的身边一直不缺乏女生,其中自然包括很多各方面都胜过暖暖的主儿。这绝不是我主观上对暖暖的刁难,而是客观的"想不通",等我想明白,那也是后话了。

让我们回到锡暖二人身上。

我说了,会认识颜锡完全是因为暖暖。而那次相遇,已经是在深冬。

与颜锡相遇那天,我知道寒冷的冬天原来也可以这样让人意乱情迷——我承认有这些想法着实对不起暖暖。

有时我会想,如果不是相遇那天的雪飘得太有情调让我陶醉,也就不会有后来我对他那份不见天日的眷恋。

彼时我站在街头,撑着伞等遭遇堵车的暖暖。

雪花很大,飘得轻缓,在暗色苍穹与霓虹大地间弥漫,似雾成烟,世间的繁复色彩仿佛晕染了水渍,安宁又淡然。我把下巴埋在围巾里,远远地看见对面的街道走过来一个人。他穿过一盏盏橙黄色的街灯,街道清寂,他独自走在洁白与暖黄的光影中,像是游走在世界边缘。他没有打伞只戴了连衣帽。我看得着迷,仿佛全世界都屏住呼吸,陪我静静观望。

那画面,每当我回想起都有种说不出的温馨,然后又会心酸。

他走近,很高大,他的特步黑棉袄拉链在颈部敞开,露出线条好看的脖子。他偏瘦,但看得出骨骼有力。

他在我身边停下,站在公交站牌边。于是我反应过来:他也是来等

暖暖的。

我缓缓转过头去，看向他："你是……颜锡？"

这纯属直觉，强烈的直觉。

他摘掉连衣帽也看向我。

他的皮肤微黑，是我喜欢的肤色。他有一张让我嫉妒的瓜子脸。剑眉下一双野兽般机警的眼睛，格外晶亮，眼眸像某种黑色的果核。他的嘴唇不算薄，给人的感觉是话不多。

我们就这样对峙，我的心里鼓点紊乱，这种情况对于被称作"无表情面瘫女"的我来说还真是少见。

"你是撒婕？"他眯起眼睛问，语调没有任何感情，嘴巴里哈出的白气涌向风雪，很快消失。

"啊……嗯……是。"怎么了我？被对方的气场吓到了吗？摆着国王范儿的家伙，不是最招我厌的吗？

"情书写得不错啊。"他的声音听不出是夸奖还是挖苦，我憋了半天也没接上话。

于是就冷场。雪依然在下，缭绕着霓虹光影，我的眼前是白色，彩色，白色，彩色。我忽然觉得，此情此景很像某个精品店里我驻足欣赏过的雪花水晶球，五光十色却又安安静静，而我俩就是安静站着的那两只不会说话的熊。

"喂……你情书写得这么好，该不会是练出来的吧？"终于他打破沉默。我先是松了一口气，然后猛然反应过来。刹那间我的天蝎座本性被激发，我"恶狠狠"地把头扭向他："喂！你什么意思啊？"

"难道你没谈过恋爱吗？谈恋爱不写情书吗？"对方还是那样无表情。

"我的情书写得不多，因为我不花心。"我故作镇定。

他斜着眼看我，没再说话。我先是觉得快感淋漓，继而心里又有点发虚,因为我看到一辆闪瞎我眼的迷你宝马缓缓停过来,从里面钻出一个同样闪瞎我的人——在寒冷的冬天穿得那么少的佟暖暖。她看起来真像个傻瓜,她不冷吗?我忽然觉得心里酸酸的。女人啊!为了博得心爱的男人一笑什么都能做,在被男人甩之后除了哭泣怒骂什么都做不了。

不过暖暖看起来好开心的样子,在她心中也许这根本不算什么。

"撒婕,快走吧!他们肯定都等得不耐烦了!那几个麦霸估计把歌都点爆了哪儿还有我们的份……"暖暖热情洋溢地跳过来,挽住颜锡的胳膊。颜锡的表情依然没有变化,只是很安静地和她一起往前走,两人的步调配合得完美。我默默地跟在他们身后,尽量不当一个"会被暖暖拍碎"的电灯泡。

十分钟后我们已经坐在包厢软软的大沙发上,立马成为众人焦点的暖暖冲到麦克风前即兴发挥了一首《非你不爱》,边唱边向坐在暗处角落里的颜锡暗送秋波,底下人一片起哄的叫嚣,斛光交错间啤酒泡沫在大茶几上洒落……颜锡则像一个绅士一样对她淡定地微笑,被狐朋狗友们以各种站不住脚的理由罚酒时也不会拒绝。他唯一唱的一首歌是张信哲的《爱就一个字》,很柔情的歌,被他用低沉的嗓音唱出来有点不伦不类,我缩在沙发里忍不住偷笑。

在充斥着酒味与电磁波的空间里,他忽然凑过来。彩色灯光昏暗,模模糊糊只看到他的脸庞上浮动着明灭的光影,很不真实的样子。音乐吵闹,他半倾着身子大声问我:"喂,你,是不是不太习惯这里?"声音很快消散在音响的吵闹中。

我一直独自喝酒,没有唱歌,没有跟他们玩一些热闹的游戏。

当然不是,跟着暖暖混迹于各大 KTV 一展歌喉的我怎么会不习惯?我只是,忽然意识到从此记忆的库存里从此多了一人,他悄无声息、硬生生地闯入我的视线,占据了我部分神经末梢而已。

我冲他摇头，很装酷地饮了一大口酒。他用一种古怪的眼神看着我，然后在嘴角斜飞出一个看不出任何善意的笑。

三

那次的聚会玩得很尽兴，认识的人在一起喝酒打闹，不认识的人留下了联系方式。

这其中就包括我和颜锡，我们交换了手机号 QQ 号。我经常悄无声息地跑去他的个人主页溜达。我不留言，不发评论，我只是静静地看他或随意或无聊敲出来的文字，像一个影子。我开始留心他的星座、血型这些无聊的小特质，各种和他有关的事物，仿佛回到了小学时暗恋隔壁班班长的时候。关于他的各路新闻，有些倒是格外特别。据说这是个有人恨有人爱的家伙，在竞选学生会干部期间运用各种交际手段拉选票，充分利用各路关系。如愿以偿后曾经不动声色地狠狠整治了一个公然冒犯他的男生。

"俗！这是个俗到极点的人！"听恨他的人咬牙切齿地说。奇怪的是，听到这些我不仅没有厌恶反而引起了更大的兴趣。难怪人说，男人不坏女人不爱啊。

其实我清楚我并不是一见钟情，对他的情愫暂时还与爱情无关。但我很关注他，像鱼会被光亮吸引一样没有理由。

关注，是不是某种感情的开始？

我可不希望我的生活中出现小说里那种无聊的三角剧，我只想安稳地过我的小日子。

可又无法忽略自己细微的变化，就像一个人无法回避咳嗽一样。

为此我纠结了好久。像我这样聪明的天蝎座生物，自然不会在风花雪月儿女私情上坐以待毙。我很快给自己制定了方案:像《飘》里面的郝思嘉那样,烦恼的事情暂且先不去想。我不去想,我心无杂念不奢求相知抑或相恋。我让自己对他的感情缺水,它终会萎缩。而那个雪夜的怦然心动我会珍藏,但绝不碰触。

抱着这样的信念,我觉得轻松了许多。

心理作用是非常强大的,何况我本来就不是那样狂热的人。我不会再在接触到与锡有关的事物时那么不自在了,那种鼓点紊乱的感觉逐渐消失,取而代之的是一份不见天日的眷念——眷念而非眷恋——路人乙走过场时对路人甲悄悄地眷念。就这样吧! 我们都做彼此的路人。为了转移注意力,我甚至开始把自己丢进学校的功课里。

在颜锡的眼中我确实只是个路人甲,这是我通过多方面精心分析得出的结论,我承认意识到这一点我有点失落。之后很快命令自己甩开这种想法:不可以,少女春心要尽快扼杀!

至于,我跟颜锡有一搭没一搭的交流是怎样开始的,也许是那一次我去拿回让他帮我写的作业。虽然他是个富二代,但铭记家训是"自力更生"的他成绩不错,头脑也很灵活,很善于处理跟导师优等生的关系——也因此被妒忌他的人戴上"圆滑世故"的帽子——这样的人,注定是上帝的宠儿。

彼时我把这话跟他说,他笑,一个不屑到有点邪恶的笑。

"什么叫宠儿? 要不要我给你讲一个很短但是真实的故事? "因为顺路,他推着单车跟我一起走在林荫路上。那时已经是春天,路两旁有青涩的绿意,春风的力度恰到好处,让他的藏青色衣袂微微飘动,我们之间是半米距离——这景象挺美好,但却不会属于我——我说好,于是他开始不紧不慢地叙述。

然后我就知道有那么一个男生,他的家庭曾经贫穷到为温饱犯难,他的父亲从最底层起家,期间跌得头破血流,最后,时来运转赚了大钱,从此生活风生水起。男生见证了家庭的蜕变，期间的痛苦他也曾承担。

"……他对我很严厉，小时候我挨过不少打，见他就躲。他总是告诫我他拥有的不代表我也拥有，我需要自己努力……我做错事的时候，因为害怕还喜欢躲在屋角。"

我有点诧异，我实在想象不出来小小的颜锡因为怕父亲躲在屋角的样子。转念一想又觉得，如果不是因为从小严加管教没有养出个纨绔子弟，恐怕我家一向很有个性很挑剔的暖暖也不会看上他。难怪暖暖那厮被迷得不行，这样的男生，着实能引起人莫大的兴趣，进而心跳紊乱。

"好想看看你害怕时的样子，很难想象呢。"

"为什么？"

我快走几步，在前面停下，我与颜锡之间泊着一湾阳光。然后转过身来，我伸出两只胳膊做挥手状："因为我看你总是一副东方不败的拽样儿啊！"说完，我大笑起来。

我们偶尔就这样不咸不淡的交流，那时两人都像得道高僧一样心如止水。

至于他跟暖暖，也逐渐趋于稳定，一切都很安好，至少当时我是那样认为的。"说，你到底为什么会和暖暖走到一起？你喜欢她哪里？"逐渐熟络之后，终于忍不住某天我问了他这个心存已久的问题。我承认，说这话时心里有点酸溜溜的，但更多的是出于好奇，毕竟那是我最好的朋友，跟我一起在无数个夜晚对着帅哥玉照粉红冒泡的朋友。而她如今终于有了自己想要的人。

他默然，然后瞪我："我不知道——你能不能别那么三八？"边上的几个死党哈哈乱笑，暖暖不好意思地低下头。这些可恶的人，我问的明明也是他们的心声啊！

我撇撇嘴不再追问，在心里诅咒他们出门时都会把裤子穿反。

然后四周忽然一片安静，我郁闷地抬起头来，看到暖暖气势汹汹地站起。她摆出变形金刚的气势，双手叉腰，眼睛瞪得跟铜铃一样："对啊！小婕问得对。说，你喜欢我哪一点？"

我松了口气。暖暖脸上好不容易才憋住的笑意，说明她只是在用一个很常见的方式跟男友撒娇。

"这种事情，你要我在大庭广众之下说？"颜锡翻翻白眼，一脸无奈。

"这样他们才可以做我的证人啊！"暖暖坏笑，这大概是她在颜锡面前少有的强势的时候吧。平时总是看到她屁颠屁颠地去给颜锡送早点，在他运动后给他递水擦汗，在他逃课打游戏时跟老师周旋……那个死女人，我过生日她送我一只抱抱熊我感动得要死，颜锡的生日她居然送了一部iphone4。我俩提着水瓶汗流浃背地往宿舍走，她宁可"锻炼自己的臂膀肌肉"也不愿在下课后顺口说一声让颜锡来帮忙。

"喜欢你哪点……这个……好像还真不知道……要不然我回去想想明早告诉你？"对方是真的支着脑袋想了半天才有点不好意思地说。

收到这样回答的暖暖噘起嘴，满脸小女生的不高兴。末了她还是很善意地一笑："算了，不难为你了，我还要回去赶作业，撒婕，来陪我啦！"

不容我抗议就已经被拖走。我坐在迷你宝马的后座上，一路上暖暖没有说话，后视镜里的那张脸却保持着一个傻乎乎的笑容。

我们在学校那个水不算清澈的大湖边停下。暖暖走下车，很不顾形象地一屁股坐到湖边的假石上，双手抱膝，背影看上去像一个可怜兮兮的小孩。

"装什么忧郁啊？"我尽量笑嘻嘻地扑到她的背上，就像我替她写情书那个夜晚，她扑到我的背上一样。

"我以为我不在乎的……"女孩儿的声音不再那么阳光，有一点点颤抖。我惊异地看向她的脸——她没有流泪，只是苦笑。原来她真的一直在伪装。

不知是讲给我听还是自言自语,她断断续续地诉说。

"我以为我可以做到为对方付出不求回报……结果发现不行,我还是很希望对方能给我真正的爱情的滋味……"

"可这都是我自己选择的……怪不了别人。"

"撒婕,你相信吗?我们交往这么多月,连手都没牵过。"

我揽住她的肩膀,试图给她一点安慰。

"你不用同情我,这毕竟是我自己的选择……但我真的没想到他会这样……情人节的礼物还是我跟他主动要的……我的生日他也会忘记……"

说真的,对此我并不惊讶。颜锡平时看她的眼神,总是带着一份礼貌与沉寂,缺少了恋人应有的火花。

"可他既然不爱我又干吗要答应我的追求呢?"

因为当时非常感动心血来潮就很不负责任地答应对方,之后又渐渐失去感觉,这种事,也不少见吧!我在心里替暖暖分析,却没敢说出来。

"好像是因为从小被父母惯坏了……总觉得什么事情只要自己强烈要求就能办到……"

其实暖暖真的是个好孩子,她像一个住在城堡里的、思想单纯的公主,每天被阳光拥抱,不知道世界上还有很多事,不容她做主。她把一切想得太简单,以为只要脚尖踮得高就能摘到月亮。想到这儿我抱抱她,第一次觉得涂 Dior 指甲油的暖暖其实也很脆弱。

说这些的时候她一直在苦笑,这比哭更让我觉得心酸。

我们在湖边坐了很久,听她断断续续地回忆。

"其实我很小的时候就见过他一面。"

我转过头看着她,沉浸在回忆里的女孩儿,一脸神往的虚无缥缈。

"当时真的很小,他肯定记不得了,而且那份回忆对于他来说也不算美好吧!我也一直没有提及。我希望这份回忆独属于自己,这是唯一与我俩有关的、完全属于我个人的回忆。你看，我也是会自私的哦。"

我们都笑。

"那时候他是跟他父亲一起来我家借钱的。我就躲在卧室里，悄悄开条门缝，往客厅里看。他父亲看起来很窘迫，不停说些恭维话，几乎是乞求的语气。与之相对的是衣着邋遢的锡，那么小的男孩子拉着父亲的手，神情傲慢桀骜，虽然还只是个孩子脸庞却已有了棱角，那双眼睛跟黑夜里的湖泊一样漆黑却发亮。后来，我家保姆礼节性地给他递上一杯果汁。"

"乡下的橙子比这个甜多啦！"喝了一口他大声说。于是他父亲给了他一巴掌，让他闭嘴，他就没再说话。

"后来父亲把钱借给了他们家。而我，在他们临走的时候偷偷跑出来，往颜锡的手里塞了一颗糖……本以为骄傲的他不会接受，谁知他却淡淡地跟我道谢，然后头也不回地跟父亲离开。"

"从那之后，他就在我的记忆里挥之不去。以至于第一眼看到他，我就认出了他。小婕，你不会懂得当时我有多么激动，他如今是那样风光。我却苦于他对我熟视无睹，只能把感情往肚里咽。"

女孩儿的眼睛里焕发出我看不懂的光彩。是啊！这辈子在世界上能真正理解自己的人只有自己，她也是，我也是。我不会完全懂得她与他重逢于人海的激动，就像没有人懂得我初遇颜锡那个雪夜的美丽以及之后的黯然。

后来的日子，我有时会在睡不着的夜晚想象着小暖暖躲在门后偷看颜锡的样子，想象她在月色中穿过自家的院子，递给他一颗糖，他说谢谢……那画面终归是美好的吧！以至于当朋友们不无惊愕地告诉我他们闪电分手时，我并不诧异，但却打心底里感到难过。

哪怕在心中对某个人有着独一无二的美丽回忆，或许也换不来那人的真心相待。于是再美的回忆也会成为心间冰冷的苦水，只能用自己心脏的热度一点点蒸发掉它。而暖暖为此做了多大努力，旁人不会了解。

可老天作证。也不会有人理解我对颜锡那不见天日的眷念，那谈不上爱谈不上喜欢的眷念，从雪夜第一眼看到他起，就崭露头角的眷念。他不算个老实人，却戴着一个安然的面具。在那面具后面某种暗流汹涌、夜行动物一样的奇怪本质，默默地吸引了一向自认为淡然的我。

而这些五味杂陈，我无法像暖暖那样尽情诉说。我只能让它们腐烂在心里，成为陈年旧事。

四

电脑屏幕反射着冷光，屏幕上"刀光剑影"。

"你觉不觉得你很残忍？"

"如果换作是你，你能保证你会高尚地跟自己不爱的人一直走下去？"他毫不示弱。

"既然你不爱她，当初何必给她承诺？"

"那你的意思是我要在一个女孩子放弃自己的骄傲低头向我示好时，狠狠把她推开？"

我不知道对于这样的人还该说什么，他的价值观，我跟暖暖一辈子都理解不了。

曾经对他建立起的那一点点好感瞬间崩塌，取而代之是一种充满失望的愤怒。他以为他是谁？凭什么这样对待别人的感情？

"……你说话啊？帮我写论文，这个人情我会记得的。"

他居然还能厚着脸皮让我帮他写重要的论文。

"文学社又不是只有我一个成员。"

"可我只认识你。"果然，他还是那样善于利用身边的人。

"我不会写论文。"

"少来,情书可不会比论文好写。"

又是那封情书,这人到底要借题发挥多久?我在键盘前冷笑:"如果可以,我真想把那封情书烧毁。"

"话说回来,还是那封情书,让我认识了你。"他转移了话题。

我厌恶地皱皱眉,下了线。然后才反应过来,我本应把他的一切联系方式删掉才对啊,为什么我还会有兴趣跟他无聊地吵架?

如果真正恨一个人,不是应该巴不得跟对方彻底断绝来往才对吗?

他伤害了我最好的朋友,我不是应该让他滚出我的世界才对吗?

我,我还真是犯贱啊。还有啊,刚刚他那话是什么意思?我承认我无法克制地开始胡思乱想,久违的某种情怀开始蠢蠢欲动——然后又狠狠地在心里鄙视自己。春心在所难免,理智更胜一筹,此种境界,才是我所追求。嗯。

我哪晓得几天后我就"遭了报应"。是的,在颜锡的故事里我从来就不是主角,他的故事终究与我无关。哪怕我对他曾经有过不见天日的眷念,哪怕我至今都说不清他在我心中的定位,我知道我跟他之间都不会有任何或矫情或浪漫哪怕狗血的故事。

可我却不明不白成了他的故事里那个倒霉催的龙套。

那天的情况是朋友绘声绘色跟我描述的,期间朋友给我的眼神充满同情。暖暖邀颜锡出来吃分手饭,她在他面前一会儿倾尽衷肠一会儿破口大骂。目击者称颜锡则一直保持着超然的淡定,两人喝掉了一杯又一杯的酒。确切地说,是暖暖灌了颜锡一杯又一杯的酒。然后暖暖忽然泪流满面:颜锡,那你当初何必答应我?

颜锡的回答呢?

对于这个问题我怀疑他自己都不是很清楚,本来男生在这方面就晚熟。而一向缜密的颜锡,后来似乎是喝得有点高。他很认真地想了半天,然后犹犹豫豫地开口——

这个世界上最奇怪、最让我哭笑不得的回答出现了："因为……因为那封情书不错……让我挺感兴趣的……"

脸上还带着泪痕的暖暖硬是被这个回答逗乐了："那你的意思是如果那封情书是我自己写的，你就会爱上我？你在乎的其实是情书的真正主人？"

"唉，你别误会！情书不是关键！你觉得我不爱你？"

还抱着侥幸心理的暖暖觉得有戏："难道说你爱过我？"

"要不然我跟你交往？"

"可你对我有过一点点作为男友的温情吗？你忘记我的生日忽视情人节……""这些事情算得了什么呢？！"男生不耐烦地打断了她的话。暖暖先是一惊，继而她终于明白面前这个人与她之间有着难以逾越的鸿沟。她努力忍住眼泪，拎起自己的兰蔻小包，冲颜锡礼节性地笑笑，头也不回地离开了。暖暖刚刚走出餐厅，就躲进旁边的巷道里哭得上气不接下气。这件事情在学校里的版本后来就成了——

悲愤！富家男女相恋，动机却因撒婢！

无奈！冷男不解风情，痴女泪洒街头！

我头都大了，走在路上都有人在背后指指点点，我现在迫切想知道的是暖暖的想法。她当然明白颜锡不会只因为一封我写的情书就跟她拍拖，那只是一个酒精浓度过高的敷衍借口。

在这个故事里我是个跑龙套，却要为主角神伤，我去他大爷的。我一直把自己对颜锡的朦胧感情隐藏得很好，我从未想过要做他们两人的绊脚石。我善伪装，但我不坏，现在却要把他们的纠葛分我一半。

那之后很长时间没看到暖暖。我给她打了无数个电话发了好多条短信，都没有回音。

周末晚上我一边在脑子里把颜锡屠杀千万遍，一边坐在电脑前吃康师傅牛肉面。我想到康师傅的广告，上面那些青春靓丽的男女不谈恋爱，只是稀里哗啦地吃面，过得特好。广告里一群人热热闹闹的场景在脑海里盘旋，我忽然无比想念暖暖。

然后桌面上弹出一封邮件。

是暖暖的道别信，她没有跟我打招呼，就带着自己的回忆将要去大洋彼方。信里她没有像往常那样喋喋不休地跟我东拉西扯，她甚至没有过多抱怨自己这段奇怪的恋情。她只是像一个机器人一样跟我不冷不热地讲一些离别的话，看得出心不在焉。

她让我不要再回信道别。

我揉揉太阳穴，感觉乏力。

无数的画面在脑海里切换，向我展示蒙太奇手法：是幻想中暖暖小时候的模样，她踩着月光递给骄傲的男孩儿一颗糖；是冬雪弥漫，我的视线穿过空寂的街道，看到那人缓缓走来染一身街灯的暖黄；是屏幕上那行不知为何要讲的"还是那封情书，让我认识了你"；是朋友跟我讲他们吃分手饭的那个夜晚时，她递给我同情的目光……

对于我来说，这故事好像也算不上什么波澜起伏，但又足够狗血。

我知道我不可能再唤回暖暖，我也不可能与颜锡有什么发展。除了写一封情书拉开这故事的序幕，我什么都没做，却还是丢了些什么。

没有人来安慰我。

彼时我已经删掉了颜锡的一切联系方式，我不能再在电话里大声嚷嚷，让他把欠我的还给我。暖暖离开后，我也很少与他碰面了。

五

在街角看到那个熟悉的身影时，我不顾满大街人踩着坡跟鞋就追了上去。

我在后面大声叫他的名字,他有些诧异地回过头来,眼神却还是那样淡淡的。

"你告诉我到底是怎么回事?你为什么要说那种话?你知不知道我走在路上别人都会说闲话?你知不知道暖暖没跟我打招呼就去了远方……"

"别跟我歇斯底里,像个疯子。我们去那边喝点东西吧,慢慢说。"颜锡语调缓慢,面无表情。听说他已经被父亲选定为他商业帝国未来的继承人,年纪轻轻就显露出了自己的商业天赋。这家伙,架子越来越大了。

店里冷气开得很足,我渐渐冷静下来。刚刚半路拦截他的勇气不知消失到哪儿去了,我低头搅拌着西瓜沙冰沉默不语。

"说吧,你想干吗?"颜锡忽然向我露出了那个久违的坏笑,他似乎觉得能让我气焰全无是件挺开心的事。

"你知不知道你给我带来了多大麻烦?你为什么要那样说?"

他不答话,然后忽然又一脸焦急:"不管怎样,你别误会。我不是那个意思……我只是……只是……"

他叹了口气。

然后他说了好多好多,让我听得发愣。

他说他很小的时候见过暖暖一面。

他说那时他与父亲到她家借钱,因为那家主人的态度傲慢而又刻薄,自己与父亲在那家人面前卑微而又可怜,在他小小的童年里留下了很深刻的记忆。

他说其实他当时看到了那个开门缝儿偷看自己的女孩儿。他还记得她被她父亲温柔地嘱咐:"暖暖,快回屋里去。"

多年后他重逢了她,记忆的潮水涌上心头。

可他看到她心里的第一反应却不是温暖与感谢,而是忽然觉得有了想要小小地报复她一下的欲望,因为当初她的家庭对他的无礼。他是何其聪明的人,自然早就看出她对他的爱慕。既然她自投罗网,他就将计就计。

"嗬,早看出你不是什么好人!"我冷笑,想把一整杯西瓜沙冰扣到他脸上。我忽然恍悟也许这就是暖暖与颜锡本质的区别,两人都是有钱人家的小孩,不同的是,一个从小含着金汤匙出生,被周围的世界呵护成温室的花朵。一个在脱胎换骨前经历了诸多别人难以想象的痛苦,性格早就已经被磨砺成了一块棱角锋利的石头。

"随便……你骂我吧……我确实该骂……因为后来我发现,暖暖是个很单纯的女孩子。"

"你别跟我说这么多废话,我只问你一句:你爱过她吗?"

"没有。一开始对她心存芥蒂,后来就是心怀愧疚,只能貌合神离地跟她暂且继续交往。可我也无力挽回,我不能说服自己爱上她。"

他顿了顿,低头看自己的沙冰。

"有一瞬间我曾经想过要……试着跟你走近一点。别误会,那毕竟是曾经,也只是想要走近一点而已。其实我也有过小小的表露吧!你有没有想过,像我这样性格的人,有几个跟你认识没多久就把自己并不美好的过往跟你倾诉的?"说着说着他忽然又恢复了平时冷静的态度,看起来缜密而无敌。我呆了呆,张张嘴巴像条脱水的鱼,最终却什么都没说出来。天哪,这个桥段也太狗血了吧。

"……话说回来,对于我这样的人,爱情暂且还并不重要吧!我暂且还给不了别人幸福。大学以前,我也谈过几次恋爱,但都是烟火一场,不知是表演给别人看还是给自己看的烟火。"

不知不觉他居然打开了话匣子。

"我不是白痴,当然你也不是。可,恕我直言,你看我的时候,眼神总感觉……有很多话想说？"他的眼睛直勾勾地盯着我，那里面全是坦荡，于是我知道最起码此刻他是真挚的。我该怎么说呢？我无言以对。他真的是个聪明的人。他就像当初我感觉的那样，如夜行动物一般直觉敏锐，而这直觉往往不会错。

沉默如一道墙，末了他浅笑，开了一扇窗。

"不管怎样一切都过去了。我会试着找暖暖，我不会跟她恋爱，但我会跟她道歉，直到她原谅我。"

"等等……你还记不记得？糖果？"我终于忍不住打断了他。

他一头雾水地看着我："什么糖果？"

他的样子不像是装的。

看样子他真忘了，他把那个月夜末端的回忆忘了，记住的是仇恨。也许暖暖的那颗糖，对于当时的他来说真的不重要，不足以在当时发育得本就不够健全的记忆里抢下一个座位。

我想说什么，却终究没说出口，只留下满腔酸涩。

末了我不知哪儿来的勇气，问了另一个让我有点心虚的问题："为什么，当初你会忽然对我感兴趣？"

"初遇你的那个雪夜，我在街对面远远地透过雪花看着你，觉得你是个内心深处有故事的人。就算没有故事，也是个挺有想法的人。老实说，你算是为数不多的、能在跟我第一次见面时就能把我辩驳得无话可说的家伙。是不是文学社成员都这样？"他对我风趣地微笑，眼神里没有暧昧只有友好。

我愣了愣，继而反应过来那天我故作镇定说完那句"我的情书写得不多，因为我不花心"后他之所以没说话，不是因为看到了暖暖，是因为被我的"镇定"小煞锐气。嗬，看来我确实是个善于虚张声势的家伙。

然后我对着他也就笑了，如同看到老友一般微笑。

也许，跟他做朋友会是个不错的选择。

我这才知道,他与暖暖的故事,序幕不是那封倒霉催的情书,而是多年前那个正面美好反面阴暗的月夜。

我这才知道,我与他心照不宣不见天日的回忆,起因皆是那场雪,都是那场太美的雪惹的祸。

老兄,算你狠,让两个女人同时为你伤神,这样想着我又笑了,笑着笑着我就感觉心里忽然就空了。因为我无法抑制地想起了过往。过往里一会儿是暖暖穿着小熊睡衣跟我嬉闹的模样,一会儿是那个在我人生里穿过雪夜又走过春荫的颜锡……我忽然意识到,我们竟然已经认识这么多年。

而两个人能够相遇,就是缘。

六

很久以后我会想,我跟颜锡,终究还是没有发生任何故事。故事给了暖暖,她却无福在故事里留下美好回忆。当然,就算这个故事的剧本丢给我,让我做主角自由发挥,我清楚也不会有好结局。

因为正如那家伙所说:他暂且还给不了人爱情。

本打算跟颜锡坦然地交往下去,做普通朋友,结果尴尬地发现我们的轨迹不合,他有他忙碌的生活我有我充实的人生,连"朋友"这条纽带都无法系上。他依然会在节日发来一些三言两语的祝福,除此之外别无其他。随着青春的落幕,我知道我们终归要告别。

我已经跟暖暖恢复了联络。在 Skype 上我小心地问过她,是否感到遗憾。

彼时她说她已放开一切过得璀璨生花,她发过来一张她在京都竹林里的照片。褪去婴儿肥越发漂亮的女孩儿,在一片翠绿里身着红裙,戴一顶丝带草帽,笑得灿烂不失优雅。

她说不遗憾。然后我们都笑。

照片里的暖暖,她身边站着一个高大的法国男生,扮鬼脸。

而我,也开始考虑要不要交往一个男友,这样起码有人帮我修租屋的马桶了。

可是啊,可是啊,我还有一个小小的遗憾呢。

那就是,我至今不能无所顾虑地在颜锡面前痛快哭一场,像暖暖那样,宣泄自己那段岁月里被小心隐瞒的委屈,然后在泪光中微笑着告诉他——

你的故事,终究与我无关。

信

两年前

亲爱的林智：

　　今天是你的生日，祝你生日快乐！你出生的这个时节，往年家乡都在飘雪，很美很美。那时候，我跟林勇就会用积雪给你堆一个大大的生日蛋糕。你还记得吗？小的时候，同住一个院子的我们答应过要一辈子互相祝贺生日。林智，林勇，还有我——谢茱，呵呵。那时候啊，大人们最喜欢拿我们开玩笑：谢茱以后要嫁给林智还是林勇呀？年幼的我看看你跟林勇，最后嘟着嘴指着长得比你俊的林勇说：他！

　　如果现在再问我这个问题，因为愧疚我一定会改口吧！可是，再也没有机会了。

　　你看到这句话，会难过吗？林勇看到这句话，会难过吗？没关系，这信我不会寄出去的。上次你来看望我，我只是静静地站在你看不到的地方，怀旧又有些伤感地凝望你。我多想抱抱你那瘦弱的身躯啊！可是我不能。

　　忽然想起，你跟我第一次表白是在我十五岁生日的时候。你比往常看起来更傻乎乎的,红着脸像个犯了错误的孩子,站在我面前紧张地拽着衣角。我疑惑地盯了你半天,你终于鼓足勇气把纸条塞进我手里。然后,你像火烧屁股一样跑走了,留下一脸糊涂的我。回家后,我像任何一个生怕被父母发现的小女孩一样,把门关上,坐在书桌前好奇兴奋地打开纸条。结果,被你吓到了。纸条里的内容至今想起来还是让我心怦怦直跳呢!一向性格内敛憨厚的林智,居然也会有这么澎湃的情感。

我小心翼翼地把纸条收起来,留做纪念。也只是纪念,当时你还不知道,我心里装着林勇。

是的,林勇。相比起身体羸弱的你,他是草长莺飞的季节里沾染阳光的矫健少年。相比起沉默寡言的你,他是谈笑风生充满上进心的学生会干部。

呵呵,我们的学生时代。

对了,林智,记得高三那会儿你说过你的理想是当一个摄影师?老实说,你连给我照相的技术都不咋地啊!后来,高考落榜的你心情很不好,你跟我说你什么都不如哥哥林勇。说完这话的第二天,你就离家出走了——说是离家出走,其实也就是到爷爷家所在的乡下转了几圈,拍了几张看不懂的照片。不过那次你真是把我们吓坏了。你回来那天林勇作为哥哥,见到你第一件事就是,给了你重重的一拳。

"下次还敢不敢了?!"他怒喝道。除了你我们都知道,你出走的那几天林勇发疯一般在城市里掘地三尺要找到你。

对了,你送给我的百合花真的很漂亮。你怎么知道我喜欢百合花的?还有林勇,他写给我一封又一封的书信,我看了心里好酸。学生时代他就喜欢给我写东西,我们走到一起后更是那样了。那会儿我看他的信函,心里满满的都是温暖的感觉。话说回来,林勇真的是个好男生,至今,他的书信和花朵从来没断过。他还给我寄来好几本书,好几本画册、相册,说怕我孤单。可为何他说这些话的时候,自己的神情那么孤单?

上次你还跟我说,你在我们的母校边开了一家摄影器材店?林勇毕业后当了一名记者?看来,你们都干得不错啊!你们能过得好我也很开心,真的。有时候我会想,如果不是两年前那件事,如今的我们一定还会在你生日的时候一起疯玩吧!我一定会跟林勇一起经常去你的店里陪你聊聊天,三人一起分享林勇熬的绿豆汤,林勇的绿豆汤真的很好喝啊。说真的林智,这么长的时间过去了,我还是无法抑制地思念着林勇。我想,我对你的感觉像是家人,但对林勇的,才是爱人。可林智,我永远无法抹杀我心中对你巨大的愧疚,我很想为你做点什么,但现在的我能帮到你什么忙呢?

你们要保重身体啊!尤其是你,记得要乖乖做康复治疗。

我多想看看外面漫天的飘雪,那一定很美很美。

谢茉

一年前

亲爱的林智:

上次你来看我时,心情似乎不是很好。

你说,踏入社会的大圈子才知道学生时代的阳光是多么的可贵,你说话的腔调,皱起的眉头,像一个历经沧桑的中年男人。

你说,器材店的经营很困难,现在各行各业的竞争都极为激烈,上次进货还出了问题,害得你差一点点被人告到消协。"也许我真的没有什么商业头脑啊。"你懊丧地挠头,傻乎乎的样子相对于学生时代一点没变。这样的你,仍然是小说里的路人甲路人乙吧。自然,也不会走桃花运喽,呵呵。

林伯伯病了?虽然病得不重,但还是让你们肩上的担子更重了些吧。你说反正也没什么生意,每天早早关门去照顾父亲,尽管你自己身体也很不方便。而林勇恰好相反,他每天忙得团团转,每天很晚才一身疲惫地赶到医院。亲爱的林智,你跟林勇都是好男孩,我知道的。

"少年时期的雄心壮志,都不知跑到哪儿去了。"你的信里如是写道,我甚至能想象出你苦笑的样子。我心里很不是滋味。

对了,林勇他,来看我的次数似乎越来越少了啊。你跟我滔滔不绝地说着林勇的生活并让我放心的时候,我忍住没问你他怎么回事。他送我的书籍,我翻得书页都卷边了,很期待他再给我带几本书来。还有鲜花都枯萎了,也许是我不曾打理的缘故吧!

"谢茱,你也要好好照顾自己。跟你讲个好玩的事情吧……"乌云很快就过去了,你的脸上总是阳光洋溢的样子,看到你这么乐观我很开心啊。也许人傻一点想得不那么多会活得更舒心吧。"他们都说我傻,可我觉得傻人有傻福啊……"我看你一本正经地这样说,也跟着忍不住乐了。你抱着膝盖坐在地上,真的很像一个长不大的孩子。林勇呢? 他上次来看我时,肩膀上不再是洗衣粉淡淡的清香,而是烟酒味。他似乎有很多心事。当年那个烂漫少年,如今去哪儿了呢? 大家都成了为生存奔波的草根阶级啊! 小七那会儿是公认的才子,现在拿着一张大学毕业证书四处找工作……高中的米粒就写得一手好文,现在却总遭遇"退稿"……墨绿把那枚磨损了的情侣戒指扔进了公园满是漂浮物的湖里……这些都是林勇告诉我的。

忽然有点悲哀地想到,三年前的事情,除了我们几个还会有谁记得呢? 记得那个为了救谢茱义无反顾扑了上去的林智。当时,家乡的媒体都争相报道吧! 人们扛着大相机举着大话筒对准你狂轰滥炸,你只是木然地看着人们,什么都没说。那些记者,那些围观的人,现在谁还记得你呢? 谁能在生活的窘境中帮你一把呢? 也许,嘴巴整天说个不停的米粒还会在闲暇时感叹:唉,林智啊……谢茱啊……也仅此而已了吧。我们终究只是大千世界里走过场的人物。

林智，我还是要说声对不起，如果不是我那么任性要冲向街对面，就不会发生车祸了，你也不会左腿瘫痪，人生被绑在了拐杖上。

　　可我的对不起能挽回什么呢？我只能蜷缩在一小片天空里，默默看你们喜怒哀乐。

　　对了，林勇的手腕上绑了一根细绳，我猜测会是哪个女生给他绑上的呢？你可别生他气啊！林勇毕竟不可能一辈子打光棍。如果我给不了他幸福，就不能霸占他不放。

　　你问我难过吗？有一点吧，呵呵。

　　对了，真的很感谢你们帮我照顾父母。他们身体还算硬朗，有你们的照应，我就更安心了。

　　"林智林勇真是好孩子啊！"爸爸在信中写道。

　　感谢的话，我在心里说了不止一次。

　　"知道吗谢茉，我能感受到，你的心在我们身边！我能感受到！仿佛触手可及！"既然林智你在信里都这么说了，那你应该能感受到我的感激吧。

　　保重身体！

谢茉

半年前

亲爱的林智：

　　林勇一直在找那个人，我知道的。让他不要再找了，他的辛苦我看在眼里。为何他总在疯狂地寻找呢？他疯狂地找过你，拼命地寻找过我，现在又在找那个无辜的孩子。他真的是无辜的，尽管林勇无法原谅他。

　　作为他的弟弟，劝劝他吧！

上次林勇来,他的精神状态真的很差劲啊!他的领带有点歪斜,胡子似乎几天没刮了。他有些颓丧地坐在我面前,一口一口地喝闷酒。他没有给我带东西,他忘记了吗?

我告诉自己不要想这么多,他那么忙能来看我我就应该知足了。还有,他腕上的细绳,不知何时被下掉了啊,只留下一道浅浅的印记。

"知道吗谢茉,我每天晚上一闭眼睛想到的就是你。对不起。"喝了酒的林勇眼睛红红的,说道。我无奈地看着他,不知该如何是好,他的内心在忍受巨大的折磨。这么多年来都是。他每次来看我,他给我的每封书信,都会跟我说不计其数的"对不起",他总在跟我道歉。可你知道吗? 他越道歉,我的心情越糟糕。虽然我已经原谅他。

有时我会想,如果能有一个女生永远陪伴他该多好啊! 因为人生下来就是不完整的需要另一半。既然我给不了他幸福,就不能霸占着他不放。

他喝多了,就含糊不清地问我过得好不好。我该怎么回答呢,林智?

好吧,我们不谈他。

"林勇现在天天都看不到人影,爸爸身体不好整天躺在床上,谁都不能陪我说说话啊! "你这么说的时候依然笑呵呵的,看不出一点坏情绪。别瞎说,林智。我就在你身边啊,你说过的,"谢茉,哥哥他总是在想你,好痛苦的。为什么要痛苦地思念呢? 你明明就在我们的身边不是吗? "

这话你说过不止一次,可每次听到我都好开心。谁说我不能陪你说话呢? 你看,我给你写了好多好多信,虽然我没有把它们寄出去,但那也算是我微薄的心意吧。

我经常想,我该拿什么去报答你呢? 你为了救我左腿瘫痪,出院后还坚持每个礼拜拄着拐杖来看我。我的信,我的心,能算什么呢? 能给你带来什么呢?

也许我只能看着你在心底呵呵笑两声吧。

听林勇说你器材店的经营似乎好一点了啊！加油林智，只要努力，有什么不能成功呢？要知道，这话以前是你说给我听的。

对，那是在秋天。我们并排坐在操场的台阶上，看天边的飞鸟掠往远方。我心情低落，你自言自语了半天发现我根本没在听，沉默了一小阵，然后露出一个大大的、灿烂的笑脸说："只要努力，没有什么是不能成功的。"

当时我忍住没反驳你，不是什么事情都是能凭你主观控制的。幸好当时没反驳，要不然现在怎么拿它来教育你呢？呵呵。不过，你当时并不知道我为何心情不好，不是因为上课开小差被老师批评，不是。

不管怎样，你的生意好了些我为你由衷地感到开心！

祝生意兴隆！

谢茱

一个月前

亲爱的林智：

我不知道该如何形容我现在的心情。

世界一片昏暗。

林勇何苦自己逼迫成近乎癫狂的样子？

"如果不是那个人打电话给你，你就不会不要命地奔向马路对面，也就不会发生车祸，之后的一切，都不会发生！所以，我要找到他！他欠我们的太多了！"林勇不止一次跟我这样说过。我听到这话心有多寒呢？他怎么可以忽略这中间最关键的部分呢？他明明就是在推卸自己的责任。你知道电话里那人告诉我什么吗？他说，让我在那天早上到那个路口盯紧街对面的奶茶店。我去了。你猜我看到什么呢？一小时后，我看到那家奶茶店的门口，林勇拥抱住一个朝他小跑去的女孩，亲昵地在她脸上留下一吻，在我的心上狠狠留下一个伤痕。那种情况下一般女生都会按捺不住去问个究竟吧！后来的事情应该怪我，怪我不该那么莽撞冲向街对面，没有注意到那辆开得很急的车。

唉，林智，你如果不是为了救我，也就不会失去左腿了。我想我永生永世都会为此难过、自责，真的。

知道吗？我的记忆在那一瞬间定格。你因惊恐而张大的眼睛，飞身扑过来的影子，耳中乱糟糟的轰鸣，不知是谁的尖叫……光影在那一瞬间混沌成温暖的绝望。

林智，你能理解这你永远看不到的信吗？

你跟我说林勇找到那个因为嫉恨他而打电话给我的人时，我就预感到要出事。果然，现在他再也不能给我送来鲜花书籍，再也不能坐在我面前皱起英俊的眉沉默思事。那天他在我面前抽烟，烟味熏到我了，可我又无法告诉他。我看他一根一根地抽，一言不发。原本就一身酒气，还在不要命地灌醉自己。

他就那么坐着，坐了一小时。之后，离开了。

再后来就是你满面疲惫地跟我说，林勇找不到了。

他寻找过你，寻找到那个人，如今，终于换成他自己被寻找。他去哪儿了呢？

也许他的灵魂早就去流浪了吧。三年前的车祸压在他心头，一刻不停。他其实心里清楚吧！为何我会冲向马路对面。但他不敢去面对，他只好欺骗自己是那个人的错。"那天同学会上他喝多了，我把他带到角落里，问出了实情。"林勇说这话时表情怪异。他就这样一边自责一边逃避，现在终于忍受不了这负荷。

是故意伤人是吗？似乎警察正在通缉他？你说这些的时候，终于忍不住哭了啊。林智，反应慢半拍的林智，这辈子我只看你哭过两次。一次是在我的葬礼上，一次是你跟我说这些的时候。

是啊林智，多么悲哀的命运。尽管你付出了一条腿的代价，但我终究因失血过多到了这个永远寄不出信件的世界。那之后，你们总给我的墓碑前放上鲜花，你们写一封封信，烧掉，寄给我——但你们自己肯定也无法相信，我竟然真的能通过这种方式看到那些信。可我永远无法向你们寄信！永远！三年的时间，我独自写了多少信？可一封都寄不出去。我只能无限孤独地看着你们写来的信，透过墓碑上的照片看你们来送花的样子。你知道吗？你哭泣的时候，我就坐在墓碑上陪你哭泣。

我孤独，孤独……

可我有种奇怪的预感。林勇不久就会来陪我了。

那样，我就再也不会孤单了。我们再也不会孤单了……

可林智你呢？拄着拐杖哭着笑着的你呢？奋不顾身救我的你呢？为哥哥拖着疲惫的身体疯狂在城市中寻找的你呢？那么简单地笑着的、需要人陪伴的你呢？

生者的悲哀，我终究无能为力！

宵待

凌晨一点二十分，未眠。

手机被我渗着汗水的右手捂得发热，黑暗里闪着荧光的屏幕上显示着一条信息：你说，我们是不是再也回不到过去了？

收信人是杜卓识。

像这般俗气的台词，如今竟然会被我用短信发出，原来爱情真的可以让人变傻。

眼泪其实是种很廉价的液体，就算只是因为生理上的疼痛，它们也可以趁势夺眶而出。所以这时我才发现，没有一种表现形式可以让我痛快地宣泄心中的一切，哭也不行。

我只是躺在床上，闭着眼睛像一头搁了浅的鲸鱼，感受着自己的身体慢慢的枯竭。其实这情况也不算太糟糕。最起码我没有像以前那样，在收到杜卓识的信息后，顾不得下课后同学们惊奇的目光，伏在桌上号啕大哭，一阵阵的悲鸣像穿堂风般从我嘶哑的喉咙里呼啸而过。我当时就在模糊地想，像这般的恸哭是我人生里多少年都没有过的了，杜卓识，算你有本事。

现在，我只是哑然。

2002 年秋初,冷空气势不可挡地突袭着这座北方的城市。

我坐在经历一个暑假无人打扫而布满灰尘的座椅上,把下巴埋进荧光绿的夹克衫立领里,冷得缩紧了身体。这是我步入高中的第一天,心里一点也没有那些作文选上所说的"激动万分"或者"兴奋无比"。

我不知道该怎样像后桌的女生那样,主动与周围的陌生同学交谈。

然后是老掉牙的"新生自我介绍"。我总结了一下,这些发言大致分为如下几种:有些人认生,匆匆说几句就赶紧坐下,比如我;有些人开朗,介绍完自己还附带一些"期待"、"祝愿"之类的,比如后桌的女生;还有人介于这两者之间,一派云淡风轻的茫然。

杜卓识不属于这三者的任何一者。

请原谅我的记忆自动把我爱恋的男孩儿美化了。那是我第一次听见他的声音,压得很低却又沉稳有力。不急不缓地流出来,让我想起在山林间若隐若现的冷泉。它明明是发着响声的,可你却觉得那之下的灵魂是沉默的。

"我叫杜卓识……"

我把下巴从立领里抬起来,破例转过头去,望向这个新同学。

简直像小说般应景,一阵颇有力的秋风从他身边的那扇窗涌进来,放肆如奔马。吹在他的发梢间野草般招展,吹在他的运动服上刷刷作响,吹动着他整个人像风雨中的海要沸腾起来。

唉,大家都知道的吧? 有个词叫一见钟情。曾经的我对此嗤之以鼻。

而那一刻我只是竭力想捕捉到他的眼睛。很快我意识到这不是易事,因为那双眼睛不安分,像地下暗河一样藏匿着、流动着。

"爱好是篮球与魔兽……"他顿了一顿,"有时也下棋。"他把手插在口袋里,杂志上说那是心思深沉不可近的表现。

"是象棋吗? "有人大声问,周围顿时静了下来。

两秒钟后我才反应过来那声音竟然是我的。天哪,我窘得⋯⋯脸大概是红了吧。

然后他看向我,笑了。我的意思是,他的嘴角并没有太大的弧度,但是他的眼睛在笑。

"不,是围棋。"他边说着,边落座。不知为何我总觉得,他并非不善言辞或者无话可说。他只是不屑多说,像个边缘人一样。

我又把下巴埋进了衣领。

初中的时候,我曾一度对 Charles Dickens 入迷,无可自拔地沉浸在那片英伦咏叹调里。也就在那时,我发现自己的一个特质:当我第一次拿起 Dickens 的书,阅读第一个段落的第一句话,我就知道日后我会爱上这部作品,这位作者。事实证明,我这种近乎本能的直觉是对的。

也是在步入高中的第一天我就知道,日后我会和杜卓识发生点什么。

凌晨一点三十五分,手机屏幕亮起,有新短信进入。

我抱着九分的忐忑与一分的侥幸拿起手机查看,然后我几乎是笑了一下。

"是吧。小爱,这个问题你问过太多次了。"

这个问题我问过太多次了,以往却总被他用"这个问题有意义吗?"之类的话给抵回去。

"人生若只如初见。"

不知为何脑海里回荡起这句词。往常,在我跟他吵架吵到彼此歇火,不是因为退让只是因为疲乏的时候,我也经常想起这句惋叹。

可转念我就不会再想。因为我知道:就算给我一百次、一千次从头再来的机会,我还是会在某一天对杜卓识动了心,让那些所谓的"青春期里分泌过剩的荷尔蒙"野兽一般在我身体里叫嚣。杜卓识还是会很有默契地感应到我的心思,然后他会在某个温暖的午后或者暧昧的黄昏,郑重其事地牵起我的手。因为他是真的爱我,最起码曾经是。

而我与他的本质区别大概就在于,他爱我,可是这不会"影响"或者"干扰"到他。而我,我更爱他,因而我理智全无。

甚至此刻,我也不得不承认这一点。

爱恨都是会让人窒息的东西,所以我在这片窒息的虚空中无法生存。我甚至忘了自己还处在一个大千世界里。眼泪终于还是留了出来,它们是热而湿润的,慈悲地轻抚过我的面颊。

我发出下一条短信:既然如此,何必再继续。

2003年,非典爆发。

眼看着这种可怕的传染病在全国越闹越凶,校方痛下决心:给高一高二的学生放几天假,避过这阵子风头。于是,在学海中苦苦挣扎的我们暂且算是解放了出来。

那段人心惶惶的日子,却成了我和杜卓识的"蜜月"。在那种压抑不安的氛围中,我们像是两只相依为命的动物紧偎在一起——茕茕的我与孑然的他啊。那时的我们尚未把爱变成利器伤害彼此。

我永生难忘的夜晚是下着雨的。瓢泼的雨水如同无数发着银光闪闪的箭矢,无畏地奔赴大地,直至撞得粉身碎骨。

独自躺在租屋的床上,我是被一阵急促的门铃声扰醒的。

这大半夜的,该不会是什么不速之客吧? 我的脑海里瞬间像弹幕一样弹出许多画面,《异度空间》《午夜凶铃》之类的……我战战兢兢地透过猫眼往外看:果真是鬼,而且是水鬼,是浑身湿透的杜卓识。

我拉开门,他跌进来,把我吓了一跳。我伸出手臂揽住他松垮的肩膀,被我安心依靠过的、曾如堡垒一般的肩膀。

他抬起眼睛看我,我分不清那是泪水还是雨水。我也不愿再问。

十分钟后,他坐在沙发上,我用毛巾给他擦水。

"又跟妈妈吵架了是吗？"我小心翼翼地问。

"嗯。"

"又是因为……父亲的缘故？"

"他不是我父亲！"他低吼了一声。那是他的软肋。多年前的车祸导致父亲瘫痪在床，母亲带着他改嫁给一个年长她不少但却很有钱的男人。于是他多了一个"父亲"，一个道貌岸然的伪善者。那之后莽撞调皮的男孩就开始隐藏自己，在学校里争取一切荣光只为宣泄。

"如果不跟随母亲，我也只会成为父亲的负担。像现在这样，我还能不时地接济父亲。"彼时我们走在积雪的坡道上他如是说，面无表情。我把手从口袋里伸出来想拍拍他的肩，他把我的手接过去，握紧，捂在自己的口袋里。"拿出来会冷哦。"他笑笑。于是我望向前方，雪后晶莹的白色坡道静谧地延伸，那么长，长得让我觉得天长地久似乎就在面前——一个女孩总会有这样天真的时候，拿天长地久当圣经。

此刻，他把自己的脑袋埋在我的腹部，搂着我的腰，看起来像个不甘心的孩子。是的，我早就发现了，他就是个孩子，一个既自卑又骄傲的孩子。老师们对这个天资聪颖的学生褒贬不一，同学们对这个学生会长既敬又怕。爱他的人很多，恨他的人也不少。如此，他也只是个孩子。

然后我在心里苦笑了一下：我难道又成熟到哪儿去呢？

"你爸妈近期不回来吗？"他问。

"嗯，非典闹成这样儿。再说，那边的生意也忙。"

"一个人照顾自己，可以吗？"

我笑了，右手轻抚他柔软的头发："当然可以。"

我们拥抱，那么紧，像是要嵌入对方的血肉里留下永恒的印迹。他的脸贴着我的脸。然后，他闭上眼睛小心翼翼地吻了我，睫毛动情地颤抖——于是我知道我的嘴唇找到了一张可以安心躺下的眠床。

那是我的初吻。激动，羞涩，幸福，但最重要的是，我觉得安心。

时间在那一刻变得漫长,好像有一辈子那么久。世界在那一刻变得好小,似乎全世界都只有我与我的他。

我们看着彼此,我笑:"如果我染了非典怎么办? 不怕吗?"

"一起死。"

他笑,用眼睛在笑,于是我知道他说的是真的。

之后,我把枕头被子抱过来,与他一起在沙发上和衣而眠,他睡这头我睡那头,他把我护在沙发内侧。第二天早上,他挠着我的脚底板把我弄醒,冲着我因为没睡好而肿得像大饼一样的脸,笑到大脑缺氧。

无论此后,我的爱情是否有始有终,我都必须说,那真的是我青春岁月里最美的一段时光。

凌晨两点。我浑身无力。

不要怕不要怕,无论最终的结果是什么,拥有过就应该知足了不是吗? 何必呢,为了生命中的一个过客如此伤神,不值当。多听几首情歌疗伤就好了。

情歌……我们共听的只有一首:《偏爱》——

　　　等你的依赖,对你偏爱

　　　痛也很愉快

短信提示音就在此刻响起——它响起——你知道的,你知道的。你早就应该知道的啊不是吗?! 为什么要哭?! 为什么要把自己弄得这么卑微? 为什么要这样哭得上气不接下气? 为什么要在此刻忽然又想起他微笑的脸与厚实的手! 何必,何苦?

为何,为何,要这样的无奈。

我抱着膝盖坐在床上,破碎了的不只是眼泪,颤抖着的不仅是身体。

如果我错了也承担

认定你就是答案

我终于还是，失去你了

　　浑身是那种空洞的钝痛感。钝痛不死刺痛，它是可以蚕食掉我的整个身心的。这疼痛又是空如深渊的，于是你发现你拿不出东西去填满它。

　　我像一只蝶蛹失去了里面的蝴蝶，只剩下一个脆弱的空壳。所有的风、雨，甚至阳光，都能扯碎我。

　　手机屏幕上是他的信息：好吧，我们分手。

　　我把手搭在前额，闭着眼睛听黑暗在分秒的嘀嗒中流逝。

　　究竟是从何时开始吵架、一开始吵架是因为什么，实在是不记得了。

　　只知道每次吵架后，两个人都变得小心翼翼。这种"小心"像水一样汇聚，渐渐成了河，他在彼岸，我在此岸。

　　我也并非不清楚：只因为吵几次架就无法再努力相爱，那样的爱情太脆弱了。但往往，越美丽的东西就越容易损伤不是吗？

　　我们吵架。我说他"从来不懂得理解我"，他说我"以自我为中心不知道满足"；我摔门而去为了保留自己所谓的自尊，他挂断电话不理会我的焦急万分；我用那种相对于我这个年龄而言过于苍老的眼神望着他，他在我身后痛苦地抱着我让我不要回头……这个年纪的我们哪里懂得忍让与迁就，就算有那库存也是少得可怜。饥渴的爱无法打败自尊，于是它反过来侵蚀我们的肉身。

　　不是不够相爱，只是不懂得如何去爱。有一次，我流着泪用瞪得骇人的眼睛看着他，问他："如果是你爱慕过的那个苏晓梨这样，你是不是会多出几分耐心？"

苏晓梨是那种笑起来都带着几分忧郁疏远的女生,喜欢任性地支配每个趋近她的男生。然后我就知道我问错了话。他用一种极陌生的眼神看着我,仿佛我只是个在街头为了两块钱的菜价与菜贩子吵闹的泼妇。

他转身就走,我也不留。之后我们不知怎么的就和好了,然后不知怎么的就又打起了冷战……如此,直至我们两败俱伤,疲乏无力。

我生日那天,他因为忙于功课与学生会活动而疏于陪我,其实类似的情况也不是第一次了。放学后,我独自坐在花坛边沿,没有哭。

然后我看到他走来。

我凄楚地笑了一下,冲着他逆光的身影。我没有想表现得多么楚楚可怜,但看到那个我爱得毫无办法的人,我还是习惯般地笑了。

我毫无办法。他走近,眼里的心疼是真的。他把我抱紧,不顾放学后还滞留着的寥寥几个过路学生,把我抱紧。

"卓识,"我的声音发哑,"怎么办?我该拿你怎么办?我爱你……"

"别说了……别说了……"他把我抱得越来越紧。让我窒息吧,什么也不要想地窒息,我狂乱地想。

他松开后,我抬起眼望进他的眼睛里。

也就在那一瞬,我看见了他眼睛里的悲悯。于是我知道,我们完了。

我还是哭了。不是因为伤心而是因为心疼。我心疼的不是自己,而是这段垂死挣扎的爱情。它是那样的无辜,我们争吵,可它是无辜的,它在悬崖边凄美地冲我笑,我看见了。

2004 年,也就是这段日子,他得到一个出国留学的机会。

"爱……"当他走到我面前,用嘶哑的声音低低唤了一声时,我还以为他是在叹息,进而我又以为他是出于苦楚在呼唤这种难以捉摸的情感。

最后才反应过来,他是在叫我,用一种我已经预知结果的语气。

"不必多说。你走吧,亲爱的,你走吧。美国那么好。"

我依旧只是冲他笑。他还是老样子,柔软的头发宽阔的肩,暗流汹涌的眼睛——此刻它们盛满痛苦。

可能是因为我的眼眶红得太厉害，所以面前的眼眶也红了。

"去那边后，我保证会上网找你，好吗？"

"嗯！"

最后的最后，我终于没忍住问道：隔了那么远，我们真的还能像从前那样吗？

他叹了口气。其实我很怕他叹气。

"总是这样问，问到一定程度，我是真的不知该如何回答了。"

"可你以前也并没有好好回答过啊。"

"你别这样好吗？"

"我又是哪样了？你要去美国我又没阻拦！"

"你……"

居然还是吵开了。只不过这次我们都明显气势不足，因为都累了。

我们都累了。

他激动的声音开始变得模糊——我不愿再听。我转过头去，发现夏天到了呢。

窗外开了一树的花。白云在蓝天上懒懒地走。

黄昏的光把我们的影子勾勒得那么煽情，可是我们都累了。

凌晨三点。

我从一个梦中醒来，又堕入另一个梦。我不知那是美梦还是噩梦，我只知道那些沉甸甸的回忆开满枝头，三千繁华，皓月当空。

这人世间，多少汹涌红尘，看不尽，洗不清。

光阴辜负了那女孩儿

一

　　三年前我第一次看到秦令的时候,他正率领一帮人在 C 大坑坑洼洼的操场上跟人打群架。

　　周围的人议论纷纷,说是因为篮球赛的事跟外班人发生了争执。因为是双休日,学校里没什么管理人员。

　　"秦令那家伙,有什么了不起? 不就是他老爹有几个臭钱嘛! "有细碎的议论钻入耳中。

　　我惊讶得脱口而出:"哪个是秦令? "

　　"就是穿黑衣黑裤的那个……现在被撂倒在地的那个! "抹了绿色眼影的女生很热心地给我指认。我顺着她手指的方向,看见那个小兽一样满脸凶猛的男孩儿,雨水混着污泥溅上他的衣裤,看上去狼狈不堪。他在地上挣扎了一会,然后又跳起来扑上去……老天,九柏你怎么会有这样的哥们儿? 九柏是重点大学的高才生,而我现在所处的、九柏让我来找秦令的学校,恐怕只能用"乌烟瘴气"来形容。

　　因为不安我抱紧了手里的包裹。这是九柏让我转交给秦令的快递,九柏临时有事来不成。没办法，我也不想跑腿，可谁让我从一年前开始暗恋九柏这个高中时坐我后桌的男孩儿。

也不知等了多久，直到天色都变晚，人群渐渐散去，眼见着那个叫秦令的家伙的背影逐渐模糊，我才一路小跑着追上去："同学！秦令！"

一张警觉的面庞转过来，上面还有嚣张的瘀青和血丝。

秦令，我该怎样形容你的模样？你长得不帅，可望进你眼睛里的一瞬间，我差点就掉了进去——哦，不，那只是一种眼神的触觉，还算不上一见钟情。那会儿我心里只有九柏。

他开口，声音低沉："你是？"

"九柏让我来找你的，这是你的包裹。"我仰着头看比我高了一个头的他。他的嘴唇很薄，这是个薄情的人吗？

"你是甘恬？"他一直面无表情，还真如九柏所说是个扑克脸啊。

我点点头，然后低下头去看脚尖。

"那好，谢谢你送过来，也替我跟九柏道声谢。"他的声音郑重其事。

我也郑重地点头。

"啊，不早了呢，我送你回去吧！怎么走？"男生嘴上这么说，却只顾自己推着单车往前走。这家伙，他确定他要送我吗？这种态度对待别人怎么还会有那么多女生跟他绯闻不息……听九柏说他身边从来都是蝴蝶翩跹。

十分钟后，我们一起走在灯火阑珊的街道上，晚风穿梭在我跟他之间的半米距离里。

他真是沉默寡言，让我这个话痨因为冷场觉得尴尬。

"我跑那么远的路来送包裹，你能不能别一句话都不讲啊？"我想打破尴尬。

"可以。"然后就没了下文。他目不斜视地往前走。他侧面的线条很硬朗，刻画着男孩子气。

"……能不能告诉我包裹里是什么？"除了这个，我也暂且想不出话题。

他先是愣了一下，然后转过头来："可以，我拆开给你看吧！顺便也不用把一大堆包装纸带回家了。"

其实扑克脸也不是太难讲话啊。

我俩麻利地撕开包装扔进垃圾桶，然后我好奇地往里看：码放得整整齐齐的全是碟片。一张张地翻看，我惊喜得大呼小叫。

有久石让作品集，班得瑞精选集，尼泊尔歌曲集，印度民谣集，古典音乐精编……居然还有一张梵文唱片！

"我好不容易淘来的。"秦令的声音严肃得像是播音员在播报关于钓鱼岛的新闻，微翘的眼角却有掩不住的得意。他的脸上还有刚打完架的痕迹，衣服脏兮兮，看起来有点滑稽。

彼时借着昏黄的街灯他挑出一张久石让的曲集，告诉我："我最喜欢久石让的轻音乐。"

我也是。我在心里说。

二

三年后某个早晨，我的恋人九柏在大洋彼端给我打早安电话。我揉着惺忪的睡眼躺在破旧的沙发上，幻想自己正像以前一样枕着九柏的膝盖——亲爱的，你不在我身边好久了呢！

"昨晚睡得好吗？小笨瓜。"九柏的声音依然如同清风拨弦。他总爱叫我小笨瓜。听闺蜜小萝说，男生爱善意地说女生傻，是对她的一种宠溺。

亲爱的九柏，我好喜欢你。不是因为你亲昵地叫我小笨瓜，只是因为爱你——觉得你宠溺我的前提也得是我爱你。

"睡得很不好，又失眠了。"我相信我的黑眼圈肯定又加深了。

"怎么了？"

"半夜梦到你，醒了。"

"梦到我什么？"对话怎么忽然有了琼瑶味儿。

"梦到你……梦到你跟我一起回到大学校园，你对着走过的一个学生妹流口水，然后我使劲儿掐你……"我极力地憋着笑。

"呵呵，后来呢？"电话那边传来嘈杂声，按照时差，他正在看那边的晚间新闻吧。

"后来我就醒了啊！然后就想你呗，想得失眠……"

九柏轻笑，不说话。我承认我是个笨瓜，我的脑袋没转过来：他怎么没有像以前那样说他也想我？

甘恬，你太敏感了！

"猴儿，你在听吗？"虽然因为他身材瘦削叫他猴儿，但他其实是个长相干净清朗的男生。昨晚的梦里，他是穿着白色夏衫的模样。

"在听。不过小笨瓜，我得先挂了，还要复习呢。你上线接个文件。"

我小声叹了口气，我只想再多听会儿他的声音。"拜拜，猴儿。"我俩同时挂断——以前他都是等我先挂。

这是他隔了一个礼拜未联系后打给我的早安电话，持续不到三分钟。但是我不怪他，我知道他在国外读书很忙。我亲爱的九柏，他家境并不好，出国留学完全是凭借优异的成绩争取到的公费。

躺在沙发上看着因为渗水而掉皮的墙壁，我的思绪往前倒退。

我还清楚地记得，一年前我过生日，他握着我的手，蛋糕上的烛光在他温和的脸庞上交错着光影。他犹豫很久才开口——

"小笨瓜，你愿意等我吗？"

我在心里毫不犹豫地就说了愿意。

可我嘴上却问："你要做什么？要等多久啊？等你从猴儿进化成人类？"我想留点悬念，让他懂得珍惜。

九柏，你先是被我逗乐了，下一秒却又愁眉惨淡的。然后你告诉我，飞机要借三万里高处之风把你送去大洋彼岸，留我在原地驻守。

我的九柏，那天我掩饰得很好，你一定没有看出来当时我的心瞬间裂了一条小缝。

我在我生日那天陪蜡烛一起流泪许下心愿：让我们永远相守。

然后，就是等待。我等你凯旋，你等我以花开之姿相迎。

可事实上，等待之苦，一言难尽。

他不知道，我一个无依无靠的女孩儿在异地求职的艰辛；

他不知道，我冰箱里全是速冻食品药箱里全是非处方药，我没空照顾自己；

他不知道，我被人欺负时很想让他抱着我说别难过还有他在；

他不知道，我已经不是学校里那个自寻闲愁的伪文艺，我的邮箱里全是退稿信；

他不知道，我不像别的女孩那样爱逛街，是为了省钱寄给他尽一份绵薄之力——逛街又怎样呢？没有人会在我因为扁平足走路脚痛的时候扶我一把。

我租便宜的房子，一个人烧水做菜洗衣……当然这些我都无所谓，但是，我不喜欢对着剩余金额不多的存折在月末要交房租的时候发呆。

我更不喜欢的，是有时会从梦中惊醒——我没告诉他，我经常梦见他离我而去。我发现我变得那么脆弱，尤其是在看见他的灰色头像的时候；我发消息他不回的时候；我听到电话那边有女孩儿的笑声的时候；我说我生病住院了，他三言两语安慰一下就因为别人喊他挂了电话的时候……

是我，太矫情了吧。

这样可不行哦甘恬！我拍拍自己的脸，从沙发上一跃而起，试图做出电力满格的状态。我打开电脑上线接文件。

五分钟后我对着屏幕流泪傻笑：是他在异国的照片，依然是旧模样，依然衣着干净，他的笑容里全是阳光雨露……

我是有多想他，有多想他。

最后一张照片下面有两句话：半个月后我就要回来了，不用来接，我会在首都机场转机。电话里没说，是想给你个惊喜。

他终于要回来了。

亲爱的，我也想给你个惊喜。

三

窗明几净的奶茶屋。

"所以呢？"秦令给我和小萝端来茉香奶茶，问道。

"所以想让你陪我一起去啊！"我咬着吸管。

"理由？"秦令一向这么言简意赅，言简意赅到上次有个小妞气愤地跑去质问他为什么忘记她的生日，他只说了两个字"分手"，然后就头也不回地走了——他甩人一向干净利落。

"理由如下：第一，跟我和九柏都比较熟的除了小萝就是你，可小萝她忙着考研没空陪我去北京；第二，机票那么贵，一般人谁愿意花那个钱啊，不过你手头有的是闲钱；第三，我一个女孩儿跑到陌生的地方，需要一个不会让九柏吃醋的男性保镖——而且我不会付工资的。"我摇头晃脑噼里啪啦说完，然后得意地看到秦令的脸色越来越黑，边上的小萝哈哈笑作一团。

没错，经过这几年插科打诨的相处，我、小萝、九柏和秦令，形成了一个朋友圈,我对秦令也有了那么些了解。比如,他跟九柏曾经是邻居,虽然性格大不同但相处极为融洽。比如,当他脸色发黑但却并没有直接手一挥让你滚蛋的时候,就说明这事儿有戏。上次找他帮我修马桶,他一开始也是摆着张臭脸——后来他还是摆着臭脸帮我修好了马桶。

我和小萝一脸期待地盯着石雕像一样的他。

"去吧去吧帮朋友一把!"小萝嚷嚷着。末了他叹一口气:"好吧,顺便在首都玩玩儿,我一直很想尝尝烤鸭。"

我和小萝在桌下市掌相视而笑——九柏的女朋友我和九柏的基友……哦,不,朋友秦令,要一起去首都机场为他接机。

几天后,我和秦令登机。为了不耽误时间而且我坐长途车就吐,我痛下决心要乘飞机。我省吃俭用半个月又跟小萝借钱才凑齐往返机票费用啊!拉着沉重的行李箱,我一会儿哭一会儿笑——哭是因为心疼钱,笑是因为马上要见到九柏了。

九柏肯定想不到我会到他转机的地方来迎接他!我得意扬扬。

"你还真是迫不及待。"几乎跟不上我匆匆步伐的秦令又在挖苦我,行李箱的滚轮在地面上发出顺畅愉快的摩擦声。

"你以为谁都像你?对恋人那么差劲。"抓紧时机我教训他。跟秦令斗嘴,似乎成了一件趣事。他先是一愣,继而正色道:"那是因为没遇上对的人啊!"

"现在遇上了吗?"我一脸八婆相。出乎意料的是,他并未像往常那样让我滚蛋,而是……居然略带羞涩地一笑!以至于我怀疑他刚刚喝完的那瓶佳得乐里面掺了春药。

"遇上了。"他说。"到手了吗?"我继续八婆。

"没……别那么鄙视地看着我!"

这天他穿的是黑色呢子风衣,古铜色的仿旧纽扣低调地闪光,衬托得他像个贵族。他瞪我一眼,不再说话径直走向安检口。

086

不得不承认，秦令真的是个很有气质的家伙。明明只是安检时例行惯事的姿势，他却能做得销魂无比。他站直了身体，线条利落的好身材淋漓显现，微微昂着头有股傲而不骄，修长的双臂张开仿佛英伦情人优雅的拥抱，那双黑玻璃珠一样的眼睛盯着虚空，目光无情绪却透露出沉甸甸的气场。

啧啧，九柏，你就烧高香吧遇见我这么个好女友，面对近在咫尺的"男色"不为所动……我边走边想象着说出这话时九柏佯装生气的样子，一个人傻乐。

"其实如果你别表情那么僵硬，你看起来会很有英伦贵族范儿。"我对后面跟上来的秦令说。

"是吗？没觉得。其实我更喜欢运动服，可惜，随着年龄增长要穿着这些麻烦的服装见客户了。"

"你就得瑟吧！你不过是在拐弯抹角告诉我你以后要继承你老爸的公司！你个富二代！"我仇富的情绪开始发作。

"滚蛋！"

"都开始登机了我往哪儿滚？！"

"飞机轮子底下！"他干脆利落。

…………

几小时后我和秦令站在候机大厅等九柏的归来。先前的轻松愉快一下子丢到了爪哇国，取而代之的是激动、期待与紧张。

我会紧张，是的，我会紧张。

我怕待会儿迎面走来的人，他会变了很多，变得让我感到陌生，让我望而却步。

"没事儿，你得沉得住气。"秦令看出我的不安，低声说道。他分了一个耳机给我，是久石让的音乐。"久石让的哦，记得你说过你喜欢。"

《那一天的河川》在耳边温柔嘤咛。

我感激地点点头，像曾几何时他让我替他跟九柏道谢那样点头。谢谢你了，秦令，虽然你总是让我滚蛋，但你不是个坏家伙。记忆里那个在操场上飞扬跋扈打架的男孩子，他有他的细心。

终于，等待了好久，那人从入口走进来。

他的眉，他的眼，他瘦竹般挺拔的身形，他的青色格子衫，我送他的红色帆布鞋。

故人山水迢迢、穿花越林而来，人影未至却已有草木气息暗自浮动。我那青葱植株般的男孩儿啊，你还是我生命的千千阙歌里的旧模样。

整个世界失声失色，只有那个青色的身影，是全部的风景。他开始走动，perfect！他没有发现我们。我丢开行李箱和手上的东西，把秦令给我的耳机一把扯开，几乎是飞奔而去。亲爱的，我亲爱的！我的眼眶发热，"九柏"这个名字像一只幸福的小鸟扑棱棱在我的喉咙里扇翅让我心痒难耐，下一秒我就要把它放飞出来——

然后，一道红色的身影像一柄利刃，忽而斩断了我的视线。

九柏，我看见了什么呢？

我看见一个漂亮的长发女孩儿，她也像只幸福的小鸟，泪水涟涟，扑闪着她爱情的翅膀，扑进你的怀里。

那一刻，我相信，你们的世界完整了。

我的世界却跌得粉碎。虚空之忽然伸出无数只手，要把我拖进深渊。我觉得我在发抖。

下一秒，我的视线模糊发黑。我不敢再看下去。我怕看见九柏张开双臂，回应她的拥抱。

是啊，晕过去也不奇怪，为了省出机票钱来迎接你，我吃了那么多天的泡面。

在眼前完全黑暗之前，我最后看到的，是秦令惊慌失措的表情。

四

"你尝尝咸淡。"秦令端来一碗面。

"又是面条啊。"我有气无力地抓起筷子。嘴上这么说,心里却是热乎乎的。回来几个月,他和小萝轮流照顾暂时还恢复不了正常状态的我。

"快吃吧哪儿来那么多话。你还真是有福,居然能吃到我亲手下的面。"秦令拿起一份报纸坐在沙发上,依旧面无表情。

"是呀,我有福,你这面下得比小媳妇儿下得还好吃呢——别瞪我啊,我这不是夸你吗?"

他气得说不出话来。

我埋下头吃面。

是的,我还可以跟秦令像往常那样插科打诨,跟小萝牵着手在公园瞎逛看人遛狗,我看起来,似乎没什么大不了。

只有我自己知道,我的心无时不刻在九柏甩给我的灰色背景下承受着记忆的煎熬——曾经那样相爱的恋人,如今竟恍如陌生人。

这么久的等待,你凯旋而归,我一瞬枯萎。可你知道吗?我是为你而开的啊。

我不想再在日志模板或者日记本里去宣泄我的情感,我没有那个力气。

我只会坐在这间破旧的租屋里发呆。

我已经无泪可流,那段时间我整晚整晚绝望地对着黑暗的天花板流泪流到眼睛发炎,最后被小萝拉去医院看眼科。我吃不下东西,因为当我吞入食团喉头就有会有类似于号啕大哭后的梗塞感,于是就吐,暂且只能吃稀饭面条之类的。

很多时候，人心里上的疾苦，真的会成生理上的病。而且无药可医。

九柏也来敲过门，那扇本来就破旧的门都要被他捶坏了，可我真的不想开，我还歇斯底里地警告秦令和小萝不要听他的"鬼话"。

"你听我解释啊……"像很多小说里写的那样门外的他声音颤抖，我的心也在一起颤抖。

"我女朋友是你不是她啊！我只是把她当妹妹看待……"

我在想，如果我的故事是一篇小说，那么读者看到这里，会相信吗？

不管旁人怎么看，我不信。

在机场，我的视线那一刻颠覆了我的心。

无论他怎么说话，我都没有应答。不光是我赌气不理他，其实也是因为我不知道该说什么。我能说什么呢？

秦令在我的屋子里放音乐，《那一天的河川》、《银河铁道の夜》……他做饭，帮我洗衣服，清理电脑里的垃圾文件。

那个马桶又坏了，他带来一个工具盒，修了半天。他蹲在地上，黑色运动服叠起褶皱。那个斗兽一样挥拳头的男孩儿，那个好看的背影，此刻居然有了点憨厚。

我端着一杯茶，倚在门框边不说话。很长时间屋里只有乒乒乓乓的修理声。末了，他头也不回地开口——

"你还是跟他谈谈吧。"

"谈什么？有必要吗？"

"也许你们确实不会复合了，但最起码你应该弄清楚到底出了什么状况。他跟那个女孩儿，从什么时候开始，为什么会变成这样……就算是分开，也要分得明白。"秦令转过头来，一脸严肃。

我有点犹豫，倒不是我立场不坚定，只是他的话，触动到了我一直因为痛苦而压抑着的好奇：怎么会变成这样？

从一个很深很深的梦里被强行弄醒，惊出一身虚汗：怎么会这样？

"去跟他见一面吧，好歹弄清楚状况啊！"秦令站起身来说。

我不说话，走到沙发边坐下。桌子上有一袋樱桃，是小萝托秦令带来的。

那是我最爱的水果，因为太贵已经很久没吃了。

心头，一阵酸楚像阵雨一样毫无征兆地袭来。

我忽然想起不知是在哪一年的哪个午后，因为我的任性，九柏挽起袖子就爬上了那棵樱桃树。樱桃倒是抓了一大把，九柏却从树上摔了下来，在病床上躺了三个月。

我机械的声音从喉咙发出："秦令，让他来找我吧。"

他点头，目光温和。

顿了顿他又说："抱歉，这马桶我修不好了。你搬到我那儿住吧，我自己要回爸妈家住了。"

他的住处我知道，是个单人寓所。

"收房租吗？"其实我知道他不缺那几个房租钱。

"不收，你别把它折腾成狗窝就行。"

"有便宜不占是傻瓜，过来帮我收拾行李！"

他黑着脸走过来，开始帮我收捡。

五

我第一次发现，原来空气也是有质感的。

此刻，空气成了一种冷冰的金属固体，它包围着我，让我窒息，让我像是要被碾碎。

我觉得我浑身疲倦，尤其是左胸口那个器官，它不再是温暖鲜红的一团柔软。它成了一张干巴巴的纸，被揉皱，上面写满九柏的名字。

坐在我对面沉默不语的,是那个我爱我恨我怨我念的人。他很想说话,可他也明白说什么我也听不进去。我只是低着头看杯中的饮料,看自己憔悴的倒影。

一旁有九柏给我带来的药物。"礼物我想你只会把它们扔出去……但是药物是有用的,你现在需要它们……"他小心翼翼地说。

体贴?晚了!

五分钟前我知道了,那个女孩儿是他高中时代的女朋友。

我听后的第一反应是觉得有些可笑。

是的,我是个笨瓜,我的大脑转不过来。

是"好马爱吃回头草"的戏码上演了吗?

是旧情复燃干柴烈火吗?

那我算什么?

"那我算什么?"我几乎是"笑着"问出这句。

九柏沉默良久,然后从口袋里掏出一个缎面盒子。

"这是我半年前定做的,一直没告诉你。"他抬起头来看我,他的眼睛还是那样,跟秦令双眼凌厉的棱角不同,是温润的,永远温润如少年的。

他打开,是一枚指环,上面刻着我的名字。

"你这算什么?!"我是真的愤怒。他在戏弄我吗?没用的,没用的,同样的谎言我不会再信!

"我没有。"与我形成鲜明对比的是他的平静。

"你记得吗?也许你不记得了,但是我记得。半年前有一天,我打越洋电话给你,你愿意永远等待我。我在电话里笑,却没出声,然后你就生气说我居然不感动。"

我记得,我当然记得。

"可是你不知道的是,第二天我就用我积攒了那么久的钱去定做戒指,刻了你的名字。我在心里说:你一定要等我,等我回来娶你。"

"我等了那么久,等得那么苦,然后你抱着别的女孩儿……"

"你错了,九柏抱我不是他的错,是我的罪!"我话音未落,随声而至有人却自顾自地落座。

我的左手边,她穿白色衣裙,双眼通红。

我惊讶地转过头去望着九柏,却发现后者脸上的吃惊一点不亚于我——不像是装的。

"不是他叫我来的,是我自己跟来的。"女孩儿指指九柏。对,跟八点档的剧情一样,是机场里的那个"第三者"。

我无言相对。我的大脑一片空白。九柏说得对,我是个顶不住事儿的笨瓜。

"你可以叫我阿媛。"阿媛有双吊梢眼,淡眉,透露这些孩子气的小波嘴。

"我跟九柏有一段过往没错,后来毕业了就分开了。"

这个我知道,很久以前我就揪着九柏的耳朵让他给我"如实招供"。

"你知道的,年少时的恋爱,往往没有结果,毕竟又不会真的跑去领证。但九柏对你不一样……"

"九柏,你花了多大心思托她来说服我?"我打断她的话,冷笑。

"你听我说完好吗?!"她忽然抓住我的肩膀,一双眼睛泛着血丝——看得出她也是个疲倦的人。

"都是我的错,是我对于感情太幼稚,一直很幼稚,所以这几年跌得头破血流。他们对我好,跟我说爱,做我男朋友,却没有一个人,想过要跟我天长地久。直到很久以后才发现一切都只是我的一厢情愿,对方早已头也不回地走了。"

"我在酒吧驻唱,也当过推销员,站柜台,最后还差点被人骗去做了鸡,被打成肋骨骨折才逃出来……回过头来我才发现,这个世上只有已故的妈妈,还有九柏,曾经最单纯地对待我。"这漂亮的女孩儿,命运却不太"漂亮"。

"所以你就又想复合?"这叫什么烂借口?凭什么要为了她而伤害我?

"不是的!就算是,也请你相信,我想跟他复合也只会是我的一厢情愿,九柏从未想过要离开你!这一点,在我刚刚找上他时他就明确地'警告'我了。"她的情绪又激动起来,连连摇头。

"何况我并不是想跟他复合,爱情在我心里已经灭亡了你明白吗?只是,那阵子我妈妈忽然撒手人寰,而我从小就是个没爸的野种……我受了太大的打击急需一个安慰的怀抱。"

"所以我自私,我犯贱,我想从九柏身上汲取温暖,但并不是想跟他谈恋爱。"

她朝我伸出左臂,手腕处一道触目惊心的紫红伤疤:"可笑吧?只在电视上看过是不是?这是我用来威胁他的,换来他施舍给我一个拥抱。"

"让他在首都机场转机是我的主意,因为我在那边要定居,跟我从未谋面的爸爸生活。而九柏,是我最后可以想到的、让我能放下戒备的人。我很清楚我将要在父亲的家庭里面对什么,说真的我很害怕,我需要支持与温暖,不然我一个人真的面对不了……我没有朋友……我真的只是想要有人给我鼓励……对不起……对不起……"

她美丽的身体在发抖,眼泪一滴一滴落下来,神态里却有着残存的倔强。我想象得出,曾经的她,是何其的骄傲。

不,我不同情她,我没那么伟大。

我不同情她的伤疤。

我不同情她的境遇悲惨。

我不同情她的眼泪。

但是我同情她的那句话——

爱情在我心里已经灭亡了。

究竟要是有多少的打击，才能让一样原本霸占内心的事物灭亡？哪怕是受伤至此的我，却也不能保证以后不会重拾自己，在茫茫人海寻找真命天子，重燃爱的火焰。

不是为了爱情本身，而是为了让自己的人生不因为缺了爱情而不完整、在年老的时候无可怀念。

于她而言，她已经没力气去追求人生的完满了吧。

我清楚，这世上从来不缺乏现实版的悲情小说，我也清楚，很多很多人比我境遇更糟——只是，只是我依然不能完全释怀。

我很难过啊九柏，因为我太在乎你。

你现在看着我的那种眼神，我很熟悉呢。你骨子里的温和一直未变。

何必那样看着我？你不知道我软弱吗？我会被你的眼神击败。

"……你知道吗？为了买这只指环，我吃的东西基本都圈定在泡面、速食的范围。"他声音哽塞。

九柏，多么讽刺，我也是。

"我拼了命地学习用功，是因为我知道你在这边过得不易，我想回来后给你一个好生活。"

给我一个好生活？可我要的是你啊，是不会伤害我的你。我一声声叹气。

"求你，别叹气好吗？我看了难受……"

这家伙，明明自己的眼角挂着更多的泪，却要来为我擦去脸上的湿润。

"小笨瓜，我永远都是你的猴儿。你可以打我骂我不理我，但是你不能不要我。"

"我没变过，从来没变过，你为我做的一切我记录了三大本日记……可……对不起……我真的没料到你会搭飞机去接我……"他呼吸急促，却又语无伦次。

"原本打算跟我见一次面之后就永不相见的，一个在南，一个在北。"女孩儿补充。顿了顿，似乎是不满九柏的言辞乏匮，她说："甘恬，你想想吧！如果他真的爱上了我决定抛弃你，他何必不直接开口？他真的是那种脚踩两条船的人吗？何况他在国外一边忙学业一边忙打工……"

"别说了！"

我们惊讶地抬起头，看见肩膀微抖的九柏，他说——

"甘恬，我们一起回趟老家吧！去见你我的父母。我会告诉他们我要娶你。"

"我要娶你，这枚戒指一定会给你——我们去见父母吧！骗谁，也骗不过岁数是我们两倍的人。"

我不说话。

忽然口袋里传来震动，我掏出手机，是秦令的短信。上面只有一句话:赶紧回来吧，饭我做好了放在桌上，别等它凉了才吃。

六

两个月后。

"我回来了。"我放下包包瘫倒在沙发上，打工真累。

他淡淡地嗯一声——我早就习惯了这样。我看着他忙碌的背影，知道他是在为生日聚会做准备。今天小萝过生日，大家约好一起来这间寓所。

光阴到底是有多么不可思议，把那个小兽一样的少年雕琢成如今的模样——虽然大部分时候他依然摆着扑克脸与世事相淡漠。

也许，从三年前看到满满一箱碟片时我就该意识到，这个男孩内心深处铺着一片柔软。也许我自己都没察觉到，跟他相处了这么久，竟不知不觉有了对那个背影的依赖。

很长时间我就那样默不作声地看着他的背影。

然后我鬼使神差地开口："秦令，你喜欢的那个女孩儿还没追到手吗？"

他一愣，然后白我一眼："那又怎样。"

"就这么干耗着？"

他默不作声。

于是我只好换个问题："你喜欢的人，怎么认识的？同学吗？"

他依旧是沉默，末了才低语一句："是我身边的人，远在天边，近在眼前。"

我转过身走远，我叹气。

为什么呢？

究竟是从什么时候开始，一切变成了这样？

是啊，如果是在以前，听到男孩儿说这句话，我会脸红，会心跳加速。

但为什么我的内心只是一片沉寂？

难道我真的跟那个女孩儿一样，成了"爱情灭亡"的人？

"其实我觉得我能跟她在一起，因为我做了那么多。"忽然听到他抬高音调的补充，说完他就匆匆进了厨房。

是的，他做了很多。不知不觉，我已经习惯了有他的存在；在无聊的时候打电话给他让他给我讲笑话；在难过的时候被他狠狠地骂是不争气然后又被他安慰；有东西坏了找他来修；跟他一起讨论久石让的音乐……我已经习惯了深夜时分手机另一端连接着他，我已经习惯了他的存在。是从什么时候开始，秦令，你在我的人生里烙下如此的烙印？

但，我也清楚习惯不是爱情。

可又有谁说过习惯不能培养成爱情？

我系上围裙，像是对着空气又像是对着秦令，说道："我也这么觉得呢！"

身后传来好听的男低音："谢谢你，期待着吧！"

晚上，蜡烛燃烧温暖一片，屋内朋友们笑语连连。

我忙得团团转，给大家分蛋糕。

分到坐在角落里的秦令时，我瞥见他的神色忽然有些紧张。他抬起头来双眼激动地看着我，目光闪烁。

我第一次看见这样的他，我的内心早已潮湿一片。

他像个大男孩儿，眼角眉梢都是青涩。微微侧过身体，他围住正要走过去分蛋糕的我。

他张张嘴巴，似乎欲言又止。

周围一片嘈杂，朋友们说的说笑的笑。阴影里唯有他的眼睛那么亮，像黑色的灯盏。在那双眼眸里，倒映的是我浅浅的影。

"你真的觉得我可以？"他的声音有些微颤，双眼期待专注。

我微笑着点头。

那个飞扬跋扈的男孩儿，那个打完群架跟我讨论久石让的男孩儿，那个总是被我指使得团团转的男孩儿，那个每次都黑着脸却会尽力帮我的男孩儿……此刻，你离我竟然这么近。

命运有多波折，几年前谁会想到有这一刻？

然后他冲我笑。

下一秒，他几乎是跑向那张摆了生日蛋糕的桌子，轻声说——

"小萝，我喜欢你，因为你忙着考研所以没敢打扰你，现在，你愿意跟我交往吗？"

我看见烛光里，小萝幸福地点头。

她的眼泪流下来。周围的人都在欢呼。他走过去，拉住她的手。

没有人注意到,我手里的蛋糕掉在地上,摔成一地的尴尬与狼狈。

没有人注意到我一声自嘲的苦笑,一声叹息,然后我蹲下去收拾了半天。

我无助的指尖黏上沾了灰变得脏兮兮的奶油。

几分钟后我站起身,不那么难过了。我想我很好,这些事情终究会过去的。

"祝福你们。"我走过去,说。

小萝红着脸擦眼泪:"谢谢你甘恬……也谢谢你秦令……谢谢你这么长时间对我的照顾……我考研很忙自己抽不出身就被我指使着去给甘恬打小工……"

原来是这样。

我怎么没想到呢?秦令他也许只是受人之托对我这般照顾。是的他会是个好男友,小萝的话他总是会听。

回过头来再想想,托付他的人除了小萝,估计还有九柏吧!

大家互相碰杯,秦令跟我激动地说:"甘恬,谢谢你让我有信心走出这一步……"

"……因为你跟小萝走得最近,所以还指望着从你嘴里套套小萝对我的感觉……哪晓得你反应迟钝就是不松口……"

"不过,你真的不会再跟九柏在一起了吗?"最后他关切地问。他的关切是真诚的,谢谢你。

我摇摇头,笑着摇摇头。

时光倒回到两个月前。

那天。那家店。那个人。

九柏说:"我们一起回老家吧!去见父母。"

我接到秦令的短信后,回复:辛苦你了。

然后我抬起头坚定地对九柏说:"好,我跟你走。"

我们一起坐火车回了老家,旅途中我吐得一塌糊涂。可是我不在乎,因为我崭新的生活终于要开始了。

我庆幸我终于等到了两年来一直渴盼的安稳。没有房租,没有破旧的沙发,没有速冻食品,没有漏水的管道……我们一起回到以前读书的地方闲逛,那些久违了的教学楼,那些久违了的银杏树,那些久违了的静好岁月。

身边,是总爱宠溺地拥抱我的九柏。

"亲爱的,这几年你一个人等待受了太多苦,我不会再离开你了。绝不。"他在我耳边重重地说。

我的世界春暖花开。

直到有一天,九柏忽然一个人钻进书房很久,关上门,期间听到他在电话里很兴奋地说着什么。然后他喜悦地跑出来,冲我挥舞着手机——

"小笨瓜,有个好消息,有家外企把我要去了!"

我由衷的高兴:"真的?"

"真的! 而且,那家企业在A市。是A市哦,我会很有发展前途的。"

我的心里忽然缠绕上一缕不安。

他没有注意到我拿着水杯的手在抖,我问:"你答应了?"

他用一种难以置信的眼神看着我:"当然答应了啊! 不答应我不是傻瓜嘛。"

"那我呢? "我声音艰涩。可他完全沉浸在喜悦里,毫无察觉。

于是我只好又问一遍。

他一愣,似乎根本没考虑到会有这个问题,继而冲我歉疚地笑笑:"所以,抱歉啦小笨瓜。你再等等我吧! 等我回来……"

我低下头去,没有继续听。我不听他说的"娶你"。

我原以为我不会再流泪,可那些温热的液体它们再一次瞬间吞没了我。

我的耳畔还回响着他说的：亲爱的，这几年你一个人等待受了太多苦，我不会再离开你了。绝不。

既然你明晓等待之苦，为何又要来折磨早已疲乏的我？

你说你又要留我在原地苦等的那一刻，万种炎凉皆成空。纵然炎火灼心，纵然凉水浇心，但都抵不过那一切成空的感觉。因为它无情地告诉你：都结束了。

几天后，我毅然决然地跟九柏道别。没有太多的难过——不是因为我有多坚强，只是因为麻木了，累了，没有力气再折磨自己了。

我也不会再等他了。那枚指环留在了桌子上，而我的心上留了一个空洞。

是的，九柏，我知道你很爱我。

但是抱歉，你更爱你自己。

而我们终究是输给了等待，输给了光阴。

七

虽然秦令执意留我住在那个寓所并保证他不收房租，但我还是谢绝了他的好意，再一次回到了老家。只不过，这次是只身一人。

我的内心逐渐恢复平静，写出来的文字沾染了陈旧的回忆气息。渐渐地有编辑开始跟我约稿。

岁月安静流淌，转眼那段往事如烟已经不再萦绕心头。它沉淀在了内心的最深处，波澜不惊。

听说秦令后来还是没有跟小萝终成眷属，一向桀骜的他竟然匆匆结了婚，对方是他父亲商业伙伴家的千金。是啊，我都差点忘了，秦令他跟我们本来就是两个世界的人。而灰姑娘的戏码，现实里不会处处上演。

听说是秦令先提的分手。

那个在雨水里挥拳的少年,那个走在灯火阑珊里送我回家的少年,那个陪伴我们走过一段似水流年的少年,终究是远去了。

在我的生命里留下无返的足迹。

不,他与爱情无关。

有时候小萝会打电话过来,我们一起聊往昔,聊男孩儿,然后在叹息里挂断电话。

我也曾收到九柏的一条短信:你过来好吗? 我可以边工作边照顾你。

我没有回复。

亲爱的,我相信你是真诚的。

但是那又怎样呢?

那段往事,终究是过去了。

而我们,再也回不到从前。

别姬

古魂

一

我已经厚着脸皮在门前跪了半个时辰了。

掌柜的"蹬蹬"跑上来，一脸无可奈何地跟我说："我说姑娘啊！游春班真不收你就算了吧，你都跪这么长时间了！"

我说我不起来，除非游春班的班主收下我。掌柜的听了，摇摇头，背着手晃着青褂胖身影下楼去了。我咬紧牙关，心想要不是为了进宫我才不会遭这份儿罪！

忽然，厢房的门开了。班主走出来，表情古怪。末了，他叹了一口气，道："算了算了！我就留下你吧！看你孤苦伶仃也确实可怜……你会唱戏吗？"

我忙不迭说："会会！我会唱戏！而且唱得不错！"班主一挑眉毛："哦？那你唱给我们听听？"我不语，只是莫测一笑。

103

这会儿，屋里已经齐聚了游春班的人。

游春班是当今最有名的戏班子，当年一曲《贵妃醉酒》红遍天下，连皇上都惊动了。这次中秋节，皇上要把云妃立为贵妃，要大摆筵席，要请戏班子唱京剧。而这个戏班子，自然是游春班。我跟游春班现在就在天子脚下一家客栈里。班主说，如果我真的唱得很好，就容我跟随他们。

游春班的名角儿们现在都瞪大了眼珠子看我能拿出什么货色。

我定定神，捏细了嗓子：声音从喉咙里涓涓流出，滑柔如露水抚花，轻灵似雀啼春晓，在屋中徜徉。眼角中是若隐若现的娇媚风情，红酥手拨弄起微小的风，腰肢如青蔓倚树蜿蜒……游春班的角儿们成功地露出惊叹的神色，班主赞许地连连点头。除了坐在屋角的那个着青纱染淡莲罗裙的女子，我看不太清楚，但感觉得出她掩映在暗处的丹眼不带波澜地看着我，这让我感觉一阵发毛。

"好料子啊……好！我们游春班收下你了！"班主一挥手，我赶紧欠身答谢。于是今晚我就住在了这家客栈，游春班的人出屋时，都鼓励我好好干——除了那个女子，她依旧波澜不惊，眼神仿佛洞察玄机地掠过我。

他们唤她小溪。碧长溪，当朝名声大噪的戏子，擅长唱正旦。可我总觉得，她不像是戏子。就像我一样，我也不是真正的戏子。但从现在开始，我就是游春班即将带进宫的戏子——小金茶。

翌日，按照游春班的计划，我们坐着木棚马车进了皇宫。皇宫的气派宏伟自然不必多说，处处是屋宇壮观，雕龙刻凤。汉白玉的阶梯，镀金的大鼎，优哉喷薄云雾的香炉……秀丽的宫女忙碌而不失井然，太监引领着我们入住。再过几日，皇宫里将会张灯结彩，热闹非凡。班主说，到时候宫里会搭设一个别出心裁的水上舞台，供我们唱戏。而这几日，我们唯一要做的就是抓紧时间排练。原本是想让碧长溪唱一曲《贵妃醉酒》，应景应人，谁知碧长溪非常冷静地放出一句：不唱。

不唱？为什么呀？班主急了，却又不好发火，生怕把她惹急了到时候她不唱扫了皇上的兴会怪罪下来。

"我自己准备了曲子，至于是什么，暂且无可奉告。不过我保证，此曲一唱，皇上必定龙颜大悦！"碧长溪说完拂袖离去了。留下愕然的班主无可奈何地摆摆手算是"由她去"的意思。也许是因为碧长溪从未让班主失望过，班主才如此放纵她。

这女人，究竟葫芦里卖的什么药？

二

"海岛冰轮初转……"我大清早便起了床在后院儿练唱《贵妃醉酒》，班主说，一定要唱出那种醉醺醺的感觉，直把皇上与云妃的耳朵挑逗得酥软。既然碧长溪不唱，班主就叫我顶上。苦练，苦练，到后来唱得自己都有了半分醉意。

只是，未见碧长溪吊嗓子。这几日她一直闭关，不知在干什么。这女人有事儿。但到底是什么事儿呢？

"哎呀……这样子行不行啊！再有名气，这般心高气傲怕是也要砸了我们游春班的名声啊！算了算了，小金茶，你就多辛苦一点，备首曲子以防万一吧！"班主急得一点法子也没有，便跟我说。我忙不迭地应承下来，心里猛地暗流涌动。

离中秋大宴只差几日了，这日，旭王爷前来问询我们准备得如何。旭王爷便是联系游春班让游春班进宫的人，班主自然不敢怠慢。只是，当旭王爷问及碧长溪时，班主支吾了。

没办法，和盘托出。

旭王爷严肃地说："你们可要弄清楚！这里是皇宫，不是市井！要是稍有不对,脑袋掉了还能再长？"

"是是是！王爷教训得是！可……我也没办法啊！不过,我们游春班新来了一个角儿,可是不差于碧长溪呢！王爷您看看。"说着,班主向我示意。我立刻会意,上前一步道:"民女拜见王爷！"

"你叫什么？"

"回王爷,叫我小金茶就可以了。"

"抬起头来我看看。"

于是我抬头,两道粼粼目光毫不卑亢地游弋入王爷深邃的眼眸中。王爷略微眯起眼睛打量着我,他很年轻,英气勃发的眉宇却藏不住城府。

末了,他只说了一句"你们自己看着办",然后便起身离去。

我看着他的背影,庭院风旋。正值秋初,却还残留着夏天的柔靡。我独自回房在镜子前坐了许久,这张脸孔,早已今昔难辨。我心里只一个劲儿在想:我现在在皇宫！皇宫！一切跟做梦一样！等到中秋大宴那天,我要掀翻天地！

只是,我不知道碧长溪又会在中秋大宴时弄出什么名堂。可不管她再怎么有本事,这里是皇宫,她也不会敢太胡来的。

而现在,我要做的就是练唱再练唱,练妆再练妆——所谓练妆,就是琢磨怎么化妆。我看着镜中的自己,眉笔是黛黑,胭脂是莲红,首饰是琳琅五彩,这浓浓的妆却不会掩盖掉这张云妃一定毕生难忘的脸。

至于唱曲儿,班主说我已经唱出了贵妃那种足够的媚态,一颦一笑都能荡漾了景色。而我的宗旨不过是:修炼成精,狐狸精。

三

中秋节终于到了。

镶嵌在夜空中的一轮浩渺雪月，月华溢满了波光撩人的湖面，轻柔地游动着。轩榭临水，高灯低幔，比民间不知华美多少倍。我满目缭乱，视线好不容易避开了乌纱脂粉，看到了高高端坐于上的皇帝——以及那雍容华贵的云妃。云妃自然没注意到我，像我这种戏子自然不会引人注目的，不过没关系，待会儿她就会注意到了。在皇帝身边她巧笑倩兮，凤眼百转，乌黑云鬟上腾起一只权头凤，红罗衣袖似云似雾，整个人像一朵盛时芙蓉。她不时捻起面前鎏金果盘里的果子——十指葱白，往自己樱桃唇里送。一边隔着珠帘皇帝看着水台上的表演，心满意足，隔着珠帘只看到他浑身金灿灿。

旭王爷坐在一边，雪白的装束，腰间是玛瑙宝带。他面挂笑容，不时斟酒与旁人作乐。

台上游春班的角儿们轮番上场，旭王爷闭唇微笑。《花木兰》的曲调响起，号称"三振翅"的角儿在台上旖旎无限；"浪淘沙"铿锵有力的声音在上空盘旋；班主自己也登场，一曲《樊江关》博得皇帝亲自喝彩……

好，轮到我了。我从镜子前站起，看看自己：妆颜的勾勒都按着自己的原本模样，脂粉只是像浮云一般在脸上轻扑，却精致有加。换上宽大的戏服，戴上沉甸甸的头饰，平复了一下心情，然后喝下了最后一口酒。

是的，为了更好地唱出《贵妃醉酒》，我先前准备了酒，大宴开始时我也开始喝酒，喝得微醺但却保持清醒。

我登上台，笙箫齐鸣。借着酒劲儿身形如烛焰微摇，莲步亦缓，神态似游鱼戏水，唱腔中都带着酥软的醉意。皇帝显然被吸引住了，身体向前倾了倾。

我再接再厉——其实也无须费多大工夫，那份儿醉意袅袅蒸腾，缠绕着唱词在月明、风清、水静的拱簇下越发迷人。媚眼如丝，丝丝缕缕牵引了皇帝的视线。声音在酒液的浸润中像雾里春雨，绵绵婉转，染透了

107

全场。

随着"贵妃"舞步旋转，我渐渐靠近了台子的边沿，身体半倾。一个回转，手正欲抬起，一个趔趄跌进了水里！冰凉的湖水立刻包围了我，我死命挣扎着，呛了好几口水！

正享受着的百官自然没料到会来这么一出，一个个脸色大变。皇帝立刻叫道：快！快！快救人！

士兵立刻跳了下来……

一切尽在我的计划之中。当我被救上岸后，为了擦去身上的水渍，我脸上的妆也被擦去了。展露在云妃面前的这张脸，她定然认识。我成功地看见云妃的脸色瞬间乌云密布，简直像吃了一个臭鸡蛋！她那双瞳仁中，一下子被灌入了无限的惊恐！

我不动声色，内心却是一阵快感！一阵狂风骤雨之后的快感！皇帝前来关照，我抬起凄楚的眼睛看着他——皇帝其实很俊秀，眉宇间是一份霸气。

云妃脸色煞白，紧紧拽着皇帝的袍袖。

皇帝看着我，看着，看着，看着……神色越来越怪异，他的嘴唇微微颤抖，良久才冒出两个字：优桥？！

"皇上……"云妃的声音像是死过一次的人发出来的，不过这也是她应得的。

皇帝显然已经完全不能自拔，他死死盯着我，双眼中的光芒一下子回到了记忆之前。这正是我预料之中的，一切都很顺利。我也不太过强烈地反抗，任凭皇帝捏紧了我的双肩。那个叫优桥的人，依然有这么大的魔力。

云妃已然面如死灰。

四

百官哑然,这一幕幕变得太快,他们完全没反应过来。

旭王爷手中依然端着茶,神色严肃,波涛汹涌。

我听见很多很多心跳:有激动的,有不安的,有疑惑的,有平静的……

但我必须跟皇帝说:"优桥是谁?"

"优桥……优桥……"皇帝呢喃着这个名字,像是从寒梦中惊醒,望了我一眼,这才说道:"你不是优桥……朕错了……错了……"

他失魂落魄地走回去,云妃赶紧小步跟上,还不时回过头来心虚地瞟我几眼。

游春班的班主看到我跟见着鬼一样,大叫起来:"哎呀呀! 你说你怎么搞的? 你……你……"他说不出话了,这也难怪,现在在他面前的小金茶,跟之前的小金茶长得根本不一样。

那是因为平日就算不上台我也一直用妆颜不露痕迹地遮盖,再用发型修饰出另一番脸型。现在我抹去了妆,披散了发,自然有很大差异。现在的我,我知道,少了妩媚,多了柔和。

现在的这张脸,继承了那个魂魄。

当我正在思索下一步的计划时,当皇帝与随从走到转角处时,一个不似人间物的天籁之声传来——

我这里出帐外且散愁情。

轻移步走向前荒郊站定,

猛抬头见碧落月色清明。

是《霸王别姬》! 我猛然起身,随着大家回过头一看:碧长溪居然站在水台中央！她一身月银绣荷袍,散着三千青丝,在月光下飘然欲仙。那般的碧长溪,我从未见过！像是月光凝成的骨魂,黛眉淡淡如烟缕缥缈,明眸顾盼如秋水凄哀,朱唇张合如花瓣瑟瑟。虞姬若是回魂,定然是这般姿态！

碧长溪忘我地唱着,澄澈得像是玉手划过水面泛起的涟漪。那声音遥远得仿佛从另一个云霄来,却极具魔力,会让人不由自主地自失起来。悲悲戚戚,那晶莹的唱词似乎一触即碎。

大家已经完全迷失了。碧长溪,碧长溪,不可方物。可,她这般是什么意思?

而旭王爷,我看得出来他绝对有很多不可告知的事情。旭王爷的心究竟怎样,我相信我多少是了解的。

唱到最后,虞姬自刎的那一段,碧长溪一个回转身居然就真的从袖子里掏出了一把带血的雕翅短剑！她那般神态,令我感到她真的会把那柄短剑刺向自己！

碧长溪侧身仰头斜倾,偏过头来目光悲凉,那柄短剑随着她缓缓抬起的胳膊移向自己白皙的脖子,剑上的血渍染红了她的脖子,整个人竟有种垂死的美感。

我很想说些什么,但在碧长溪的歌声中却发不出声。再看旁人,班主已经下巴脱臼,百官半张着嘴巴像脱水的鱼,依然除了旭王爷,他仍能吹开茶水上漂浮的菊花。

为何? 为何? 那柄剑上沾血? 我确定,那肯定不是碧长溪的血,那又会是什么? 再看云妃,她已经瘫坐在了地上。

忽然,皇帝冲上去,叫了一声:"爱妃!"

然而下一秒,碧长溪手中的短剑已经飞了过来,直插入云妃的身体! 云妃难以置信地握住那柄剑,嘴角溢出血,抬起头来看向碧长溪。她想说什么,却终究发不出声。"御医! 御医!"皇上咆哮起来。

我冷眼旁观,虽然不解,但也觉得云妃不值得同情。她就算不死,就算碧长溪没有演这一出,我也会因为与优桥极相似的面容以及那一曲《贵妃醉酒》而攀附上皇帝的高枝儿,到那时,我也会让云妃生不如死。

五

全场哗然,碧长溪却纵身投入了湖里,她的袍服在水面浮起,像是一朵白莲的凋零。

难道说,她是拿自己的性命与云妃以一换一?

皇帝立刻叫人跳下水去救人,可士兵们湿漉漉地从水面浮起来后都摇摇头。

这突如其来的变故让我都有点蒙,这是怎么搞的? 我觉得我的魂魄已经完全被冥冥中的碧长溪牵引——不对,不光是我,除了旭王爷,其他人都是这样。

我就这样失魂落魄地看着面前的人乱作一锅粥,各种各样的声音在脑袋中混杂,各种各样的颜色、神态……各种各样,各种各样……我觉得像虚脱般难受。

等我再回过神来的时候,人们都已经走了。只有旭王爷,依旧捧茶,那样不紧不慢的神态让我想咬死他!

他缓缓走到我身边,说:"这下你应该满意了吧? 云妃死了,优桥的仇报了。"

我摇头:"这不是我计划中的那样啊! 那个碧长溪……怎么回事? "

"你想知道? "他邪性地笑笑,"跟我来。"

除了乖乖地跟着他,别无选择。

旭王爷——或者称呼关千钧,把我带到了一个隐秘的小亭子。我依靠着亭栏，不知道哪里来的勇气先开了口："别来无恙，关千钧。"

"优渡，你终于还是叫我关千钧……"关千钧说着，叹了一口气。这倒是难得，原本以为他这样的人不会落寞，这回倒是见着了。

"旭王爷，我认识你吗？"我淡淡地说。真的，他曾经是我所熟悉的关千钧，可如今，我真的有些不认识他了。

可我还是会忍不住叫他"关千钧"，只因为他曾经施舍给我的那一点卑微的回忆。罢了，他为了仕途抛弃我，可我也正因为他踏上仕途才能为姐姐优桥报仇不是吗？他知道我受姐姐和母亲的影响会唱戏，于是趁中秋大宴的机会用自己的权力让游春班进宫。只有这样，我既可以堂而皇之地看到皇上并让皇上看到我，也能借戏曲让皇上注意到我。当年，姐姐优桥便是同样以饮完酒唱《贵妃醉酒》的方法让皇上倾倒，还差一点就真成了贵妃。只是，深得宠爱的姐姐招来了云妃满含嫉妒的杀意。我清楚地记得那天关千钧冒着滂沱大雨敲响了我家那破败的门，我开门看见他狼狈不堪，浑身湿透，像个垂死的人一样扶着门框只轻声说了一句："她死了……被云妃杀死了……"

后来某天他说："……我想办法让游春班进宫，至于剩下的，你自己看着办吧！"

所以就有了我跪了半个时辰终于进了游春班的"伟大事迹"。

原本以为可以顺利吸引了皇帝的注意力而借他之力排挤云妃为姐姐报仇，不料半路杀出个碧长溪。她倒利索，直接取了云妃的性命。

我问他怎么回事，他只是摇头。"扯吧你！你要是不知道，怎么碧长溪做出那种举动时你看不出太大的情绪变化？"我斜睨着他，说道。

"我为什么要有情绪变化？！那是报应！那是优桥来复仇了！我为什么要害怕优桥？！"关千钧突然激动起来，活像一疯子。

我不明白关千钧究竟是忍受了什么变成现在这样，我只是惊愕地看着他。

"真的……碧长溪很像优桥啊……"

"哪里像啊？"

"不知道……说不清楚……也许是神似吧！"

我别过身去，不再说话。关千钧曾经与姐姐有过感情，只是后来姐姐入了宫，两人也就断了。他们不知道，我曾经是个偷偷地躲在树后看着他们的背影的傻瓜。

六

一阵极轻的脚步声响起，我回过头，那个金灿灿的影子不知何时像鬼魅一样站在了那儿！

"皇……皇上……"关千钧的声音克制着颤抖。

我头一次感到了真真正正的绝望。我看到皇帝像刀一样的目光扫过来，身上像是蜕了一层皮。

"好……好……小金茶……或者称呼你优渡？优桥的妹妹？那一曲《贵妃醉酒》唱得真不错啊！唱得人都醉了，都糊涂了。不过你怎么保证，你自己就不会醉、不会糊涂呢？"说到这儿他忽然笑起来。

我和关千钧面面相觑。

"当年啊，朕的爱妃——优桥，因为被朕发现了与人有私情的事，羞恼之下，在我面前自刎了。她自刎的方式，方才那个叫碧长溪的戏子重现在了众人面前——至于那究竟是怎么回事，朕也就不清楚了。更奇怪的是，碧长溪用的那柄剑，正是当年优桥自刎所用的剑，而那剑，朕明明已经把它葬进了优桥的陵墓啊！至于云妃……你们还真是错怪了她，事实上优桥的死她只能付一半责任吧！剩下一半，是朕的责任。不过，关千钧，你应该也有什么事隐瞒着优渡吧？"

我清晰地感觉到自己正在一点点崩塌。我不敢相信地看着皇帝，又看看旭王爷。他不是说因为云妃威胁姐姐才自刎的吗？

风有些诡异地摇了摇树枝，树叶沙哑地低鸣起来。天上中秋节的月亮找不到可以相思的人，孤独冷冷地流泻了一地。

"好吧……优渡……我承认……云妃发现我跟优桥的事情后……"关千钧话还没说完，要命！那凄婉的《霸王别姬》的歌声又响了起来！我们近乎惊恐地寻声望去，碧长溪竟然又在不远处的花丛里，舞着，唱着！

依旧是那身衣服，只不过，竟然染满了鲜血！像是那些白莲，开成了妖娆的红莲。

关千钧忽然冲了上去，两眼发红，嘶哑地叫着："优桥！优桥！你回来了对不对？！优桥！我对不起你！"

关千钧扑上前，却扑了一个空。碧长溪像是影子一样一闪而过，再回过神来她又在三步外的地方苦唱着了。她仿佛根本没看到我们一样，自顾自地垂怜着。

碧长溪岂止不是戏子？她根本就不属于人间吧！

关千钧像个手足无措的孩子那样立在原地，两眼失神。我突然不知哪里来的冲劲儿，一步跨上前揪住他的领子吼道："关千钧！你到底隐瞒了什么？"

皇帝叹了口气："云妃在她弥留之际都告诉我了……当年我只是看到了优桥写给关千钧的诗词，却不知道那是写给关千钧的……而在那之前，还作为千钧你的丫鬟的云妃就已经发现了这件事对吧？她威胁千钧你，如若你不给她机会让她进宫，她就会揭发你。后来优桥死了，你一直以为是云妃把她逼死的，却不知，是朕无意中发现的啊！"

"所以……为了保全我自己……我甘心当了云妃的走狗……我帮助了害死优桥的人……"关千钧的眼泪一滴一滴落下。但那不值得同情！

不值得！

"唉……千钧你知道吗？为了让你一步步登上青云，优桥在我面前说尽了你的好话。"

我忽然觉得什么都不重要了，身体轻飘飘的，不知道姐姐在皇帝面前唱《霸王别姬》这一临死的绝唱时是不是也这样飘然欲仙？别姬，别姬……

碧长溪依然在唱着，她是不是人间物，都不重要了；而她为何要唱这一出，也不重要了；那柄剑为何会出现在她染血的手中，也不重要了……

也许，她本来就只是一个纯纯粹粹诞生于《霸王别姬》这戏曲中的戏魂，一遍遍地，重复那绝美的绝唱。

可她为何只刺死云妃？

我不知晓，只是听皇帝缓缓地说："……当初朕听优桥的《霸王别姬》听得似乎着了魔……直到后来，在关千钧的帮助下云妃得以在我面前唱一曲《霸王别姬》。朕至今还奇怪，云妃唱的时候怎么跟优桥那么相像？"

我正想询问关千钧，却发现不知何时，碧长溪的歌声已经停止。而那柄雕翅短剑，贯穿了他的胸膛。

今梦

一

我裹紧了风衣，拦下一辆出租车，熟稔地说出目的地："尚景小区。"

十二月的风像一盆盆刺骨的冷水从车窗冲进来,我借着风努力让自己保持冷静。已经三天了,夏教授都没有跟我联系。凭她最近的那个考古发现,完全够格成为别人垂涎的肥肉。总之,我有些担心她的安危。

　　这座城市里有很多从事特殊行当的人,比如我,比如夏教授。我在城南开了一家事务所,夏教授是我的常客。我的事务所只接手一些无法用常理解释的事件,而夏教授这位考古学家给我带来的委托总是充满了刺激与不寻常。

　　这次夏教授异常激动地给我展示了一本残破的古籍。古籍的前面都是对戏曲的介绍,夏教授激动地把古籍翻到最后一页,竟然从书皮的夹层里又抽出一张被撕了一半的纸。

　　纸上沾着斑斑殷红的东西,模糊不清。不过,年代这么久的东西还能保存下来已经是相当不错了。

　　"炎猎你看看这红色的是什么?"夏教授把它递给我。我凑近闻了闻,然后说这绝对是血。

　　"而且是年轻女子的血哦!"我浅笑道。干特殊行当的人,没有点特殊本领怎么行呢?这是生存之道。我顺便拿起了一份报纸,报纸的头条是《连环失踪案!都市的黑夜里潜伏的究竟是什么?》,我问道:"这件连环失踪案,你觉得跟这个发现可有关联?"

　　"不知道啊,所以才来委托你嘛!对了,这张纸讲的是一种契约。"

　　"什么契约?"我淡淡地问道,拉开了一罐啤酒。虽然是冬天但啤酒依然是我的最爱。电脑音响唱着《Devils never cry》,我把腿架在桌子上。一般来讲如果不能引起我的兴趣那我就不会接受委托人的事务。

　　"根据古文的说明,这张纸是一种与妖怪订下契约的契约书。订契约的人在纸上滴下十滴血,就能与一种叫别姬的妖怪订下契约。而与其订下契约的女子,能够唱出富有魔性的戏曲《霸王别姬》,听到这种富有魔性的《霸王别姬》会不由自主地被唱曲女子吸引住……之后的部分被撕掉了,所以只掌握了这么多。很邪门是吧?难倒古代也有玄幻小说?"

我随口"啊啊嗯"了几声,关掉电脑屏幕上的网页。无聊的生活,无聊的事件。

"所以呢?"我拿起沙发上的风衣。

"所以……我希望你去调查一下这个人。"夏教授说着,把一张照片掏出来给我看。照片上的人是 W 城的副市长邹连。

"邹连在城西有一套房子,那房子里最近忽然住进了一个女人。至于我为什么会注意到那女人,纯粹是个偶然就是了。那天我刚好去那个小区做客,忽然听到一阵唱曲儿的声音。我寻声望去,就看到一个女人捧着茶杯在阳台上轻唱。

如果仅仅是这样我也不会来找你,问题是,那女人转身回房时不知怎么地打了个趔趄,茶杯里的东西就洒了出来。那液体顺着阳台滴了下来,似乎是……"

"血?"我微微眯了眯眼睛。

"不知道,刚好滴在我身边的地上。红色的,我不确定……"

"肯定是血喽!"我出了门,夏教授跟在我后面,急慌慌地问:"为什么啊?"

我回头看她一眼,忽然很想逗逗她:"因为悬疑小说上都这么写的啊!"

二

后来我去了城西那个小区,总而言之,用我的一句经典台词说就是——

嗅到了很不好的味道。

唔……这味道里有什么呢?

有血腥味,有诡异味儿,有不属于人类的气息。

我没能听到颜柠——也就是那个女人唱曲的声音,在那儿转悠了一圈直到邹市长的车子缓缓驶进来我就离开了。

之后的几天夏教授都没到我的事务所来,也没跟我联系,我隐隐地感觉她出了事,于是决定到她的住所去看看。

出租车在尚景小区门口停下,我付了钱匆匆赶到她所住的 603 室。进门之前,我在门上画了一道符。

打开门,一股浓烈的药水味儿呛得我一下子往后退了退。走进去,没人……没人……直到走进了浴室,才发现夏教授正在浴缸里昏睡,面容苍白。

我赶紧把她从浴缸里捞出来。毫无疑问,某种外界力量使她昏过去了三天。

不过好在她没什么大碍,我忽然异常冷静起来——事实上我也很少有激动的时候,我把她送到了医院,留下一张便条和一些现金,便又折回了尚景小区。

夏约榕,也就是夏教授的房子不大,却收拾得很干净。房子整体是温暖的橙黄色调,鹅黄色的沙发,苹果绿的电视墙,刷了白漆的木质餐桌……想不到那个平日里整天与古墓死人文物打交道的夏教授也会这么有小女人情调。

我一屁股坐在了沙发上,像往常一样架起了腿,秒针的走动声此刻显得格外明显。我半眯起眼睛,汇聚精神,从指尖凝出一道符冒着金灿灿的火花,猛地往电视墙的左下角扔过去。

这一招“现形火”立马起了作用,火焰烧灼的地方像是变戏法一样冒出一个女人。很漂亮,古代装束,披头散发,一身月银绣荷袍上却沾了斑斑血迹。她忽然一挥手，立刻，从房间四面涌出许多黑色的像影子一样的怪物。

"嘀，果然是设下了影子结界啊！"我一声冷笑。这是妖怪作祟时为了不被人们发现常用的一种招数，召唤出大量的影魔，让被影魔设下结界的事物与指定的外界隔绝，换言之，把这个事物暂时从指定的记忆中抹去。

而这次的结界，就是把夏教授的住所包括夏教授本人从这栋楼的居民以及与夏教授有来往的人的记忆中抹去了，所以才没有人发现异常。至于影魔为什么知道哪些人与夏教授有来往，是根据夏教授的记忆逆向寻找的。

不过它们没能找到我是因为我的特殊法力屏蔽了夏教授有关我的记忆。防不胜防，早在那天看到那个颜柠之后我就给夏教授设下了这个小小的开关，影魔探入她的记忆相当于碰触了开关，于是，就像电路短路一样，"电流"绕过了有关我的这段记忆。

像群蜂一样的影魔朝我涌来，像是黑色的海水，整间屋子瞬间都充斥了这种怪物的暗芒。我不耐烦地扯下一粒圆形风衣扣子往下一扔，脚下立刻浮现出一个阵，阵的光芒立刻消释掉了影魔。隔着被气流掀动的碎发，我看到那女人面露惊慌。忽然，她悲苦地低下头，微张着嘴，却不发一声。我双手的掌心在催力下萌发出小小的绿芽，随后迅速双手各长出三枝桃花。我投出六枝桃花，"唰唰"戳进女人身周的地板上。

对不住喽，夏教授，我看看被戳出六个洞的地板。

女人像一只掉进陷阱的小鹿一样恐慌而疑惑地看了看四周的桃花枝。桃花桃木都有驱邪的作用，这可以抑制她的力量。

老实说，看起来这么人畜无害的女人我实在是没法儿把她跟"厉鬼"之类的联系起来。

女人似乎很想逃走，可她努力地挣扎无奈就是动不了。

奇怪啊！她似乎不会说话，我决定把她收进风衣中带回事务所。

然而，就在我脱下风衣、风衣幻化成一个黑洞时，女人忽然抬起头来，她这一抬头，我被吓了一跳。她双眼贮满莫大的悲愤，那样子完全不是刚刚那楚楚可怜的姿态。她依旧一声不发，但收敛了泪水阴恻恻地看着我。

我浑身的神经都绷紧了。

三

她身上的衣袍突然剧烈地翻动起来，衣袖里像是藏了两股龙卷风。同时，双眼的瞳孔瞬间放大，空洞而诡异。

她忽然能动了，她开始舞、唱……唱的是《霸王别姬》。

不好！千万别给控制住了！我想起夏教授的话。"无畏－雁门！"我立刻在身周升起一个结界，四面红色光墙上的六芒星飞转起来。女人唱得越来越悲凉，凄凄惨惨戚戚，舞步越来越疯狂，六芒星的光芒闪烁不停。下一秒，我看到白亮的光芒飞转着，不知何时，她手中多了一柄沾血的剑！

衣袖翻飞，她极其优美的一个回身，笑得极为妖媚，六枝赤血桃花全部被轻易斩断。"披靡－惊鸿！"随着我一声令，七七四十九只符纸化成的烈焰飞雀叫嚣着扑向女人。女人又是妖媚一笑，手中的剑抛向半空，幻化出一个无数柄匕首组成的旋涡包围了她，旋涡的青色光芒锋芒突显，羽毛纷飞，我的"惊鸿"被破解了。

我正欲再设一个"风烟阵"，她忽然把剑往地上狠狠一戳，借那股冲劲儿飞跃出了阳台！同时，剑变小在半空中稳稳当当收进了她的心脏部位。

我气喘吁吁,早知道就小心为妙。再看看四周,一片狼藉,夏教授肯定会杀了我。

愣了半晌,我想到是不是应该追上去,但又追不上了。最后我忽然想到:妖怪在人界生存需要大量的力量补给,这女人刚刚消耗了不少元气,她肯定会去找补给。那么,她会去哪儿呢?

我想到了颜柠。

撸顺风衣,在卫生间里捧了一捧水浇湿了脸,我走出 603 室,决定从一条小路抄到颜柠那儿。

我从窗台上一跃而下,同时口诵:"御风 – 浮云!"一个白茫茫的阵浮现在我脚下,我踏了上去,阵载着我向城西飞去。

不一会儿,就看到了颜柠家那大大的落地窗,黑洞洞的,似乎是没人。

我收了阵,落在阳台上。

在窗户上画了一道符,用指尖点一下,我穿窗而过。屋内装饰奢侈,有股香水的味道。我毫不留情地用我的黑色皮靴在那羊毛地毯上踩来踩去,四处走动看能不能发现点什么。

我可不擅长找东西啊,头大。

四壁上挂了许多颜柠的艺术照,基本上都是穿着戏服的。老实说,颜柠长得并不算太漂亮。或者说,邹市长完全可以找一个比她更迷人的,为什么偏偏找她呢?

也许是那曲《霸王别姬》吧!

我拿起茶几上一个相框,看到上面的颜柠不由得皱起了眉头。颜柠的这个动作应该是被抓拍的,照片上的她面容凄美,极具征服力。而她身上穿的,是一件红色绣荷袍,除了颜色,花纹款式都跟刚刚的女人的衣袍一模一样。

她手中的那柄剑除了没有血渍,也跟刚刚那个女人使用的剑一模一样。

这么说，颜柠是和那个女人订下了契约吗？那个女人，应该就是契约上写的那个妖怪。

再看看照片，日期是十月二十五日。

不知为什么，总觉得颜柠身上那件红袍看起来很别扭。可究竟是哪里别扭，我也说不出。

我画下一道符，轻轻覆盖住照片，再拿起来，符纸已经变成了一张一模一样的照片。

走出客厅，来到起居室，里面的香水味更浓了。我闭上眼睛感受气流与声音。虽然说我不擅长找东西，不过我对气场的感觉很敏锐。我心里默念，脚下浮出一个阵，一圈一圈的金色光芒像涟漪一样扩散，一直从地面顺着墙壁扩散到天花板上。我紧张地盯着阵，终于，围绕起床的阵有了反应，涟漪的弧线不再光滑，而是变成了波浪。我立刻收了阵，画了一道符移开床，蹲下身在地板上敲着。敲到一块地方时，听到声音不对劲，我想八九不离十下面有密室。

可这密室怎么打开呢？头痛了半天，忽然觉得这不像我的作风，于是干脆用一团符火烧在了那块地方。

很快，地板开了个口子。

四

我顺着梯子往下，一股浓烈的恶臭立刻包围了我。我皱皱眉头，这似乎是尸臭啊！

果不其然，等我从梯子上跳到地面施了一个阵法照亮密室——我实在是无法想象颜柠究竟是怎样睡在这个密室上面的卧室的？

密室里摆着一张巨型沙发，沙发上横七竖八躺着好几个年轻女人，都已经死去，身体都开始腐烂。血肉模糊肌肤焦黑，白花花的蛆蠕动在上面，享受着这巨大的盛宴。

我赶紧掏出报纸，寻人启事寻找的女子原来都是死在了这里。

她们的衣服都已经与皮肉烂在了一起，黏糊糊，不过还是看得出是曾经很华丽的戏服。我走上前，反正又不是第一次跟死人打交道，索性仔细观察起来。

让我奇怪的是沙发上没有血，那么应该是放完血再挪到这儿的了。我想到夏教授的、说的那个"红色液体"，果然啊，多看点悬疑小说还是有一定好处的。

我绕过沙发，后面的墙壁前有一个台子，台子上阶梯式放着三个牌位，从上到下依次是：碧长溪，优桥，优渡。

这三个女人又是谁？

看着三个牌位应该有些年岁了，我决定把它们收进风衣带回事务所研究。

我正欲这么做，忽然听到一声极轻的脚步声。我浑身一紧，回头一看：颜柠就站在沙发后面，手里握着一把菜刀！

丝毫不拖泥带水，颜柠把手中的刀狠狠地扔了过来。我一侧身，好险！菜刀扎进了我耳边的墙上。

我并不想与她交锋，于是灌注全身力量施了一个阵法，巨大的光球包围住我，随着一声震耳欲聋的"轰隆"，光球爆炸了。

爆炸的同时，我也通过爆炸撕开的时空裂口回到了事务所。

今天还真是不顺，不过好在有收获。

我一屁股坐在了事务所的沙发上，拉开了一罐啤酒，让头脑冷静一下。从风衣里掏出那张符纸照片，我开始仔细研究。十月二十五日，华丽的戏服，曼妙的舞姿，神秘的抓拍人……照片里的场景，看样子像是一个戏台。这是哪里的戏台呢？看样子只好问问夏教授了……

夏教授……

夏教授？！

不好！

我从沙发上跳起，一把抓过风衣，急匆匆地前脚刚跨出门，又折回来拿东西……

市医院，苍白的大楼像是病人的皮肤，顶着黑洞洞的夜空。透过淡绿的窗子可以看到伶仃几个护士在走廊上打着手电筒来往查房。

抬起手腕看看表，已经是十点多了。如果有什么不好的东西，这个时候正是他们出来活动的好时机。

看看四下没人，我索性借了一阵气流跃上七楼，风衣可以很好地掩护我。找到夏教授的病房，透过窗户可以看到她已经睡着了。我悬浮在窗外，正欲进窗，忽然看到一个鬼鬼祟祟的影子忽闪进了病房。今天运气还是不错的。

为了避免打草惊蛇，我躲到窗边，露出一双眼睛偷窥。

黑影缓缓地"飘"到病床边，一点声音也没有，捂住了夏教授的嘴巴！再把手拿开时，她的嘴巴上已经被黑气封住。夏教授挣扎着，却一点声音也发不出，眼镜睁得铜铃大，惊恐地望着面前的黑影。

忍住，忍住，我必须搞清楚黑影的目的是什么才能出手。

夏教授的身体被黑色的气态绳索捆住，她不停扭动着身体，疯狂地反抗。黑影倒是很闲，飘在半空中，发出"嘿嘿"的低笑。一只手扯住了夏教授的头发，把她从病床上拖了下来。

好，弄清楚了，那东西是想把夏教授带到其他什么的地方去。我画了一道符猛地跳进室内，黑影吓了一跳，夏教授被放到了地上。她看到我高兴地泪花闪闪，不过我估计她看到自己家被弄成什么样后就笑不出来了。

我看看病房的门，果然，门上是一个阵法，所以护士没有发现异常。

我正欲把手伸进风衣里，但忽然笑了——对付这种东西，根本不需要我刚刚从事务所拿出来的那样东西。

<h2 style="text-align:center">五</h2>

"所以，我们要去调查一下盛世剧院？"我直起腰来，看看茶几对面的夏教授。她其实也没什么大碍，我把她带回了事务所喂了她一点药后她立刻好了。

"对！最好还要去找一下邹市长。"夏教授推推眼镜，严肃道。

"拜托唉大姐，邹市长是想找就能找的吗？"

她忽然坏笑了一下——这么可爱的表情我倒是从来没见过。"谁说要用正当手段了？"她歪着脑袋。

我愣了愣，随即笑笑喝下最后一口啤酒。

盛世剧院，按照夏教授提供的资料，十月二十五日这里举办过一次戏曲晚会。据说是因为比较大牌，邹市长也出席了晚会。那么，这张照片很有可能是邹市长送给颜柠或者颜柠跟他要的了。夏教授把照片拿走说是要从古籍上查一查有没有这样的戏服，于是我只身来到了市政府大楼。

市府大楼坐落的地方人不是很多，我考虑着应该怎样见到邹市长。

毕竟是白天，不太好办啊！门口的警卫已经对我产生"兴趣"了，虎视着我。我尴尬地踱着步子，双手插在风衣袋里。忽然，我摸到几张符纸，于是有了主意。

"您好！我来向邹市长申报这次项目的……"我掏出符纸变成的设计图，糊弄了门卫，进了大楼。

我雄赳赳气昂昂地直上三楼——有的时候就是这样,越是张扬别人反而不会怀疑你。

　　我直接进了邹市长的办公室,邹市长显然被吓了一跳。他从桌子前抬起头,出乎我的意料,他并不像我想象的那样红光满面、肥头胖脑,而是面目清秀刚毅。用我的话说就是:长得人模人样。

　　开门见山,我报出了颜柠的名字。果然,他立刻不安起来,目光躲闪着看着我。

　　"您和颜柠是怎么认识的? "我在沙发上坐了下来,优哉不已。

　　"……老实说我真的不知道怎么回事,我就是……就是……像鬼迷了心窍一样被她吸引住了。那张照片是我拍的,为了纪念打上了她演出那天的日期。照片也是我送给她的,不过不知道为什么她看到照片好像不是很高兴。"

　　不错,颜柠确实是在盛世剧院十月二十五日举办的那次晚会上,以一曲诡异的《霸王别姬》迷住了邹市长。看得出来邹市长自己也很痛苦,他不停地喝着水说自己简直就像"鬼迷心窍"一样。"老实说,我希望你帮帮我。我的家庭很美满,我很爱我的夫人,可那女人……简直是妖物啊! "邹连用请求的表情看着我。

　　"帮你是可以……不过,既然想要我帮你,你就必须告诉我百分之百的实情。你……"我磨尖了眼神扎在邹连身上。其实我也不太有把握,但总感觉还能问出点什么。

　　邹连开始冒汗,在我目光的穷追不舍下,他终于摊牌:"好吧……颜柠曾经是我的初恋。不过,那是很久以前的事情了,我们俩早就分了。我记得那个时候,颜柠就开始学唱戏了,不过没有上次在晚会看到她时唱得那么惊艳。简直就像……换了一个人一样。"

　　"滴滴",我的手机短信铃响了起来,我看了一眼按掉手机,起身道:"谢谢,我想今天的事情你不会傻到说出去吧? "说完,我就离开了办公室。

六

远远的，就看到夏教授站在事务所门口等我。我打开门，她迫不及待地冲了进去给我展示她忙活出的成果。

又是上次那本介绍戏曲的古籍，夏教授比上次更激动地翻到其中一页："你看你看，这不就是照片上的戏服吗？"

泛黄染香的纸页，上面用柔简的线条勾勒出一个正在唱戏的女子，旁边写着《霸王别姬》。一样是绣荷袍，一样是凄美的舞姿，跟那天在夏教授家看到的那个女人长得居然是不差丝毫！

下面写着几个小小的字：碧长溪。

冷静，冷静，这么说，这个叫碧长溪的女子就是那个妖怪？

我想到上次看到的那个牌位。

"你再看这个！"夏教授又往前翻了几页，因为太激动，直接给我翻译了起来："碧长溪曾经是清朝一个名叫游春班的戏班子的名角儿，这本古籍就是她自己写的，不过写到后来就不对劲了。她写道，唱《霸王别姬》唱到最好就必须要付出鲜血的代价，而这个女人，每次唱《霸王别姬》之前都会在自己身上划出一道伤口让自己流血。至于她为什么会变成这样变态，似乎是因为她曾经用《霸王别姬》吸引住并与之相爱的男子抛弃了她——这本古籍后来就变成相当于自传的东西了，不过一开始我以为这是纯粹讲戏曲的没有细看，后来一次我不小心割破了手指血滴到纸上，居然出现了字。这应该是碧长溪的戏法。接着说，碧长溪用这种变态的方式唱了很长时间的戏，到后来，因为心理扭曲越来越厉害被秽物附了身，成了妖怪。那份契约书，就是她拟定的。"

"然后，一个叫优桥的女子找到她与之订下契约，优桥之所以想拥有这种能力是为了一个男人——优桥希望依傍上皇帝，然后给那个男人在仕途上创造方便。不料，后来一个丫鬟发现了他们的私情，丫鬟威胁男人让男人用自己的权力帮她接近皇帝。那个女人后来成了云妃。男人苟且活了下来，优桥却被皇帝赐死。"

"优桥心有不甘，临死以《霸王别姬》作为绝唱，于是碧长溪这个以血订下的契约又增加了一个诅咒：碧长溪会以妖怪的身份杀掉契约者生前怨恨的人。"

碧长溪，优桥，那么还剩一个——优渡。

"只是不知道怎么的，优桥的妹妹、曾经暗恋那个辜负优桥的男人的优渡，在碧长溪刺死那个男人之后一剑刺伤了碧长溪，伤了她的元气。之后，碧长溪吸取了优渡的魂魄。从那之后，与碧长溪订下契约的女人都必须要用年轻唱戏女子的血液来维持《霸王别姬》的魔力。说白了，也就是给俯身的碧长溪提供养分。"

"随着这样三个女人恩怨的积累，《霸王别姬》的魔力就到了这种程度。没有优桥优渡的怨念，碧长溪的妖力还不至于把人迷惑成这样。"

夏教授叹了一口气，问我接下来该怎么办。

我只是一个劲儿在想：颜柠是怎样与碧长溪订下契约的？按照古籍上的信息，必须在那张纸上滴血不是吗？而那张纸一直在我们手上啊！

我忽然想到了那被撕去的半张纸。

七

颜柠现在就站在我面前，不对，应该说是三个女人的灵魂拼合后加上她的肉体站在我面前。

我依然是把手插在风衣口袋里,颜柠叹了一口气忽然说:"你就没有想过,既然这种契约这么厉害,怎么还没有引起轩然大波?怎么还没有坏人把它利用到最坏处?"

"你就没有想过,为什么我唱《霸王别姬》只对邹连起了作用?"

我愣了愣,感觉一下子又坠入雾里。

"因为这种契约,只对曾经辜负了定下契约的女人有作用啊!这曲子一代代唱过来,一个个女人唱过来,都只是唱给了自己心里最恨又最爱的人!比如我唱给了邹连,优桥在东窗事发之前,唱给关千钧——那男人叫关千钧,唱给她听,并下了诅咒,所以碧长溪才会杀了他。至于皇帝,他不是优桥真心爱过的人,所以他听了《霸王别姬》却没有受到诅咒。"

"也就是说,这种契约相当于你们对负心人的报复。是吗?"我冷冷地问。就算是这样,也不该伤害无辜啊!那些年轻女子,都被迫贡献了自己年轻的血液。

"我是碧长溪作为妖怪时留下的后代,我们这一族人,心中是没有善良的!"颜柠忽然笑了起来,"你应该很想得到被我撕掉的半张纸吧!上次给了夏教授一个小小的警告让她昏睡了一会儿,早知道就斩草除根了!那半张纸,我就算死在你手下你也别想得到!"

不再啰唆,她身形一变,恍然是碧长溪……

而我也掏出了风衣里的除魔剑,老实说,掏出它时我有点悲哀,因为知道面前的妖怪是必死无疑了。可,怪谁呢?

八

战斗掀起的风,把一张残破的纸刮到了半空中,没有人知道上面写的是:被下了《霸王别姬》诅咒的男人,如果唱戏曲的妖怪死去了,男人会像中毒一样想听《霸王别姬》,可又听不到,就会成魔。以年轻女子的血液,供奉着曾经为他唱《霸王别姬》的女子的牌位,直至,唤回她的魂魄……

第二辑

看云起时

永不凋谢的绿眼睛——致《飘》

绿眼睛

毫无疑问,尽管人们对于《飘》中的女主角郝思嘉褒贬不一,但这个有着吊梢绿眼睛的美人确实是书中最焕发光彩的人物。

初章,她在男孩们的殷勤包围中出场,绿眼睛转来溜去,不安分地想要盗取每个男孩的心,包括那个她可望而不可即的卫希礼的。玛格丽特一点也不吝啬对郝思嘉美貌的描写,她黑发碧眼,窈窕动人,其最区别于其他美女的地方大概在于,她的美是"活的",带着一点蛮不讲理,直愣愣地破土而出,仿佛野生植物。

她这种野生植物般的生命力在南北战争开打之后"被迫"爆发了出来。没经历过战争就不会知道这个词汇到底有多残酷。郝思嘉从天鹅绒垫上忽然就摔了下来,摔得六神无主,然后战争生活就把她原本应该被男孩的鲜花拱簇的生活搅成一锅她必须下咽的苦水。守寡、丧母、父疯、挑起生活的重担、照料病人、一无所有⋯⋯身为种植园主长女的她,在这巨大的钝痛中盯着自己原本只是用来穿华美的鞋子跳舞、如今却已溃烂磨破的赤脚,心想还有一大家子等着她去喂活呢。于是她拍拍土站起来,继续在被北方军践踏得面目全非的红土地上寻找野菜。

饥寒交迫的战争岁月里,生性自私骄纵的郝思嘉,心里残存的那些少女时代的柔软都一去无返。"饿肚子"是比任何打击都难以忍受的事,生存是唯一的意义。

在这种突如其来却又自然而然的转变中,郝思嘉的心"包裹了一层硬壳",无论做什么事,似乎都带了一丝与命运顽抗的"恶狠狠"的味道。

书中的郝思嘉,你很难定义她身上最闪光的地方,她的特质,在常规的"善良"与"恶意"、"伟大"与"自私"之间摇摆不定,如同黑暗角落里的绿色猫眼,忽明忽灭都是为了生存罢了——生存!这是郝思嘉永恒的信条,在整部书里,无论遇到了怎样的打击,为了生存郝思嘉都可以咬牙坚持,甚至是不择手段。

为了生存,她可以吃糠咽菜,她可以衣衫褴褛,她可以眼睁睁看着自己的家被纵火掠夺,她可以杀掉北方佬,尽管曾经的她连杀鸡都不敢,她可以骗婚哪怕对方是她妹妹的未婚夫,她可以把自己变成一个冷酷的悍妇对每个人凶暴,她可以暗暗诅咒媚兰去死因为卫希礼娶了她——但到了关键时刻又拼了命地保护她,就像保护其他她或喜或厌的人一样。她不知不觉中背负了太多责任,尽管在内心深处她不愿意这样做。

郝思嘉在这世上最爱的大概就是她自己,这一点或许她自己都没察觉。然而,这种近乎自私的自爱,却也成为她捍卫自己与家人伙伴最不竭的力量源泉。

她不算是个有爱心、有良心的人,但却绝对是个极富责任感的人。

我看过很多对郝思嘉的评价,褒的贬的,权威的不权威的,客观的主观的……然而,个人认为,郝思嘉虽然很难定义,却也没必要搞得那么复杂。书中的郝思嘉是个思想挺简单的人,支配她行为最强烈的不过是她最原始的"想要生存""想要获利"的欲望罢了,她的行事准则,最主要的也不过"实用主义""利己主义"。她留给人们太多思考的同时自己却没有想太多。而之所以她总能达到自己或善或恶的目的,归结起来也只是因为她比大多数人要"精明"——她对利益有着继承自祖先的敏锐嗅觉。

正是这种嗅觉,帮她积累着生存资本。

她想要赚钱,这念头在战后一发不可收。凭借她那天生的商人头脑,她很快就成了一个出色的资本家,巧笑倩兮着玩转上流社会,生意场上无情地击垮对手,或是舞场里与不同的男人暧昧成一团。在那个年代,女人是不该抛头露面的,然而郝思嘉从不理会那些非议——这种叛逆精神,你可以说是继承自她的爱尔兰粗犷血统,可以说是她身为美女自小培育出的优越感的衍生品,可以说这是优点是缺点,但我更觉得,这是一种"天赋",一种让郝思嘉这株野生植物风雨无阻地繁茂着的天赋。

而白瑞德是最懂她的人。可惜的是,他懂她,她却不懂他,直到她失去他了,她才懂得这个与她一样饱受非议风流精明的男人是最值得她珍惜的爱人——可已经太迟了,她把自己得不到卫希礼的不甘心误认为是"爱",把自己对白瑞德的依赖忽略甚至伤害他,兜兜转转到最后,白瑞德决定离开她。她放下一切身段来挽留,却也"不能把那个冷静的头脑拉回来"。

还是那句耳熟能详的话说得好:失去了才知道珍惜。

打击接踵而至如同排比句,而白瑞德的离去将这一切加上了一个可怕的感叹号。她差一点就崩溃了。

然而,她的本质精神就闪烁在那"差一点"上不是吗?她永远离崩溃差一点,而能让她悬崖勒马的总是那句家喻户晓的名言——

明天,又是新的一天了。

这话搁到现实中来,曾鼓舞了多少人呢。

老实说,我很难猜测郝思嘉这样的绿眼睛"妖精"在现实中究竟存不存在，这种爱恨赋于一体、让人愿意在入睡前闭着眼细细玩味的人格，究竟是玛格丽特怎样的人生感悟凝结出的产物。

一朵花

玛格丽特，是一种花的名字。

属菊科，花瓣纤丽简洁，大大方方地开，它还有一种别称：延命菊。

作家玛格丽特的一生，撇开《飘》给她带来的成功与荣誉不说，其实是历经坎坷不幸的。但同时，她也有着植物般顽强的生命力。

1918 年，战争的乌云笼罩在头顶，十八岁的玛格丽特第一次体验到生离死别——她的未婚夫战死沙场。没过多久，母亲病逝，父亲精神崩溃，哥哥在打击面前手足无措，年轻的她不得已只能辍学。

这经历看起来有些眼熟——没错，郝思嘉的身上有她的影子，但现实是现实，玛格丽特无法保持自己总能像郝思嘉那样动人。

人非圣贤，她情有可原地"堕落"过一段时间。游荡在花花世界里，她像郝思嘉一样置道德与准则于不顾，惹来一片轻视。然后不顾亲戚们的反对，嫁给了一个与白瑞德颇有相似之处的男人。但她没有郝思嘉幸运，郝思嘉的白瑞德是"假风流掩藏着真心"，而她嫁给的那个花花公子，在不断伤害她后新婚不久便将她抛弃。

现实与小说之间的对比有着无奈而悲凉的讽刺感。玛格丽特的丈夫在某些方面很像白瑞德的风流多情，难以接受的地方在于他没有白瑞德的一颗真心。

而玛格丽特身为一个凡人，与郝思嘉的区别在于：她无法像郝思嘉那样无比坚强，在短时间内给自己的心包上一层"硬壳"。我难以想象那之后的岁月里，玛格丽特是怎样说服自己在这个世界上继续行走的。

事实上我猜测，如果不是她后来的丈夫约翰的出现，就算继续行走，她的人生轨迹也走不出到后来借由《飘》得到的辉煌。我的猜测是不是有些狭隘了呢？好在人生没有猜测，事实证明，幼年就有的文学梦与约翰的帮扶鼓励，让玛格丽特极尽人生绚烂地绽放了——玛格丽特之花。

在约翰的鼓舞下，她开始写作，这一写，就是十年。

一部引发轰动的巨著《飘》，一部经久不衰的经典电影《乱世佳人》，让世人瞩目。

当时，美国正处于大萧条时期，全民正遭受着前所未有的困难境地。于是那个问题不由得又在我脑中浮现：明天，又是新的一天了。这句话，现实生活中鼓舞过多少人啊？

而玛格丽特自己在写下这句话的时候，胸腔里回荡着多么激动人心的激情呢？

玛格丽特这一生的精神写照，其精髓大概都凝练在《飘》中出现多次的那句话里——明天，又是新的一天了。

当她的人生被命运摧残得看似没有任何希望的时候，她是否就是靠着这种精神一次又一次命令自己"生存下去"呢？像思嘉那样，生存下去，带着满身伤痕直至它们化为功勋章。

不是每个人在经历过类似的遭遇后，都能有这种意志。甚至，就算饱受挫折的人的生命中，后来跟玛格丽特一样有个无私的"约翰"的出现，也并非人人都能在迟来的温暖中把自己从过去的晦暗里解救出来。

玛格丽特之花是有着花期寿命的，然而玛格丽特是不朽的。要有不朽的灵魂，才能创作出《飘》那样不朽的作品。

又要有怎样令人叹服的思绪在心中酝酿多久，才能在笔下给予郝思嘉那样的灵魂——同时也给予自己那样的凤凰涅槃。

一朵花的绽放，需要很多条件：阳光、温度、雨露、土壤、空气……

一个人大概也可以比喻成这样。

然而人比植物伟大的地方在于：当阳光、温度、雨露、土壤、空气……这些条件都遭遇毁灭之后，人，可以自行创造让自己绽放的契机——并且这种绽放是永恒的。

郝思嘉迷人的绿眼睛在字里行间勾魂夺魄，你知道的，她总能生存下去。

永不凋谢。

锉刀

她接任我们班的班主任是在三年级的时候,开学没多久我这个班长就跟她成了死对头。

原因其实再简单不过了:似乎我跟她都是两罐被剧烈摇晃的汽水,稍有不慎就会爆炸。可要命的是,她这罐汽水总想跟我来个"激情碰撞"。

我是说:她似乎像个监狱长,希望牢牢掌控着我这个在她眼里集万恶于一身的囚犯。或者她像一把锉刀,坚持不懈地要把我这块硬石的棱角全给磨去——当时的我就是这样偏激地想的。

起初我没有太敏感,毕竟,老师矫正学生是再正常不过的。但渐渐地,我发现她似乎总是"针对"我,尽管我也知道"针对"可能只是"关心"的一种,如果班长都做不好那怎样给其他同学树立榜样呢? 可那会儿头脑还很简单的我更关注的是,当我跟别的同学一起把某件事搞砸时,当我跟别人犯了一样的错误时,当我甚至都称不上是犯了错只是做得不够好时,我都一定会被她用各种方式打击得灰头土脸体无完肤,甚至,她似乎不逼出我的眼泪来不罢休。

她会对我咆哮,当着很多人的面,我那因为年幼而格外敏感的自尊心瞬间就像一个烂柿子被扔到地上摔得稀巴烂,她还会跺上几脚,仿佛我是个没有自尊心的木偶。

她对我咆哮的内容总能直击要害,归结起来大致就是,被她骂过后,我会感觉自己整个人像一只傻不愣登的标本被钉死在框里,整个世界都"灰暗"。

她会上课上到一半让我滚出教室,原因是我跟其他同学一样没背好书,于是我只能又羞又恼地抱着书本照做,独自趴在走廊栏杆上咬着嘴唇掉眼泪。

她经常"请我去办公室接受思想教育",到后来我每每一走进办公室,隔壁班老师会笑说:"又来了?"她教训我的时候,我就盯着办公桌上的物件,一脸呆滞。

她简直就像雷达卫星监控着我,我稍有不对头——很多时候其实也没有不对头,兴许只是为了警告——就会立即把我从头否定到脚。然而我会怀疑她只是鸡蛋里挑骨头。

她的办公桌上靠窗有一个位置,专门用来放我的检讨书,写了那么多份检讨书写到后来都能感动我自己了,很多检讨书里的套话我至今都倒背如流……

她是紧箍咒,是如来佛的手掌,她几乎从不给我好脸色看,总爱斜着眼瞪我,一向散漫的我生活在她的高压政策下就像一只困兽,四处碰壁。有一次,忍无可忍的我坐在学校的石凳上,居然当着那么些同学的面号啕大哭,那点颜面都给丢尽了——都是她害的,我想。

可那几年里最让我不能理解的是:为什么,每次,跟同学闹矛盾只会批评我?!

还是个黄毛丫头的我脾气不算太好,常会跟班上那些脾气同样不太好的男同学闹矛盾——这种矛盾往往跟同学之间的嬉笑打闹无关。两个挂着泪花也许还挂着彩的肇事人被"捉到"办公室,对方几句话交代了事就可以走人,而我,通常都会被教训一个多小时,直到我那库存不多的眼泪又快给逼出来为止。

并且,最后的结果一定是我上交检讨书。

印象深刻的是一次我跟同学闹矛盾,吵得不可开交。我因为写了太多的检讨书,已经尽力克制自己不跟他打起来,尽量想做到容忍。但后来,他居然用手里正在喝的牛奶泼了我一脸!我惊怒万状地拽着他去办公室——这期间他自己也给吓着了——后来的结果是他回家了,我被教训将近两个小时之后也回家了——第二天带检讨书来。

"牛奶泼到脸上还是美容的呢!"彼时她如是说。

那时我怎么也不明白:为什么只批评我?我也是受害者啊!而且,明明是对方先出言不逊的!

对于这个问题,她回答最多的就是:你应该把自己的姿态放高点儿。

事实上,当她每次像打击盗版那样严厉地打击我之后,她总会以类似的话来教导我。我要做得更好,我要放高姿态,我得时刻骄傲地想着"我跟别人不一样",我……我不能理解。

对于一个小学生而言,那些概念实在太难懂,所以我总会再犯。

就这样,日子一天天地流淌。

但是你得知道,很多事情重复太多次后,哪怕只是因为条件反射也会有一定作用。我不太清楚究竟是因为自己长大了,还是因为写多了检讨书,"转变"真的就如藤蔓植物一般,缠绕着我尚且稚嫩的人生,缓缓生长起来。

我心中那些狂躁的浮尘逐渐沉淀。我开始不再在下课后满教室乱跑,而是安静地坐在座位上阅读儿童读物;跟别人发生摩擦,尽量把持住自己,渐渐地发现很多事儿其实也没那么值得生气;那么散漫的我,也会心甘情愿地给自己绑上条条框框,按照我曾经最厌恶的"预定轨迹"去赶赴我的人生;我身上那些曾经扎伤别人戳痛自己的棱角,竟然就是这么被一把无形的锉刀慢慢磨平了……

而她，似乎也像是变了个人，噼啪的炽热火团与飕飕的寒冷风雪都不复存在，她开始变得温润如同沃土。她越来越多地对我笑——每逢那时，望着她已经染霜的鬓角我会想，那大概是一片滋长春日的阳光雨露的沃土。

师生之间哪里有什么前嫌可言？所以后来，我成了她最得力的班级助手。

而我也开始发现，她似乎真的是，老了。

班务工作，开始越来越多地交到了我手上。我不敢说我是个多能干的人，但维持最基本的秩序，彼时的我竟然是做到了的。

有一次我上楼，看到她站在台阶上，手撑着墙壁，气喘吁吁，两条腿似乎是想迈迈不开的样子。

"老了，爬不动了。"她扬起脸冲我笑笑，有那么一瞬我怪怨光阴无情。我接过她手里的东西，于是我们都继续往上走。

是了，我早听说过的，她腿脚其实很不方便，理应早该退休了。

还有一次，她站在不远处望着正在踢毽子跳绳的我们，不知是酸是甜地微笑，皱纹堆起，如同暮年的向日葵已经无力昂扬，只能垂首啜饮阳光，皱缩了昔日的花瓣金黄。

"我年轻的时候也经常踢毽子呢！"她抛掷着一个毽子，跃跃欲试却最终作罢地对我们笑言。

她笑得俏皮，于是我知道，她的身体也许依然经不住自然规律的消磨，如同花朵会有盛衰之时，但她心中那种温暖而不可名状的物质，如同亲吻花朵的阳光，永远不会老去。

我想我是敬慕她的，尽管曾经的我是与她截然对立的。

多年以后我更是发现，她在我的人生中竟然占下这样一个席位——她是让我学会骄傲地行走于世的人。

她接手我们三年，这段往事终会在记忆长河中沉淀，旧人提起她时，我会说——

　　"……啊，她啊？她是一把锉刀。"

　　但你知道吗？我说这句话的时候，是微笑着的。

我的青春谁做主

　　我推着自行车缓缓步出车棚,拐角处可以看到操场那边跃动在球场上的身影。天边流过一朵又一朵施了胭脂的云,很浅淡的样子。

　　恍恍惚惚我想起了以前的那些岁月。在体育馆前挥动球拍的岁月,双手可以清闲地插在裤袋里的岁月……尽管那样会被老妈说成"一点女生的样子都没有"。这话也确实不假,从头到脚的运动装,老土的发型,这就是我。

　　高中以后繁忙的功课霸占了我的全部生活,我更喜欢独来独往,也更对前途感到一片迷茫。为什么明明已经很努力了试卷上的分数还是那么刺眼呢?为什么明明已经是用最慢的速度推着自行车前行,回家的路怎么忽然变短了呢?真害怕看到老妈那阴云密布的脸。我嘟囔着,踢着路上的小石子。

　　这当儿我已经走到了闹市区。

　　心不在焉地看两旁的商铺往后倒退。服装店,服装店……风格迥异的店铺大都是服装店。卖淑女款的,卖职业装的,卖牛仔的……花花绿绿是女孩子的世界。每天放学经过这条街,都会为设计师的精妙设计而赞叹。我的理想曾是当一个设计师,那些色彩的碰撞融合让我感到妙不可言,还有那些蕾丝花纹蝴蝶结腰带的搭配……当我把这个想法告诉老妈时,她很赞许地拍拍我的头:"好!有理想好!但是在此之前先想想办法把你的成绩再提高点?"于是我很郁闷地回到房间把这个想法收进日记里——不能超过五句话,否则会耽误晚上的功课。

多希望能够我的青春我做主啊!

这么想着的时候我一激动,一甩头,眼前一亮。

夕阳的余晖眷顾在那家商店原木风格的橱窗上,浸染了一件张扬在橱窗中央的上衣。深蓝色的水手领,白色飘逸的裙型衣身,小巧玲珑的灯笼袖,会随着身体节奏跳动的蝴蝶结,便是全部的设计,简单中透着别致。更重要的是,这件衣服忽然让我想起了一些往事。那时,青春初萌芽。

那时的我最大的梦想除了当一个设计师,就是拥有一件蓝白色调水手风格的衣服。我甚至曾经在脑海里为它构图,我那外行的"设计"自然不比这件的精美。哦!蓝白色调、水手服,清澈如风的感觉……谁知道我为何这么钟情与蓝白色调水手风格。在大街上看到这样类似的着装甚至会停下脚步。

甚至因为一个男生喜欢穿简单的蓝白色衣服而颇有好感,徜徉在酸甜并存的光阴中。发展到后来,那男生穿丑不啦叽的校服都觉得清爽,他性格中的优点也被我主观地放大。

至于这一切的一切后来如何被磨灭,原因似乎很多。我那张毫无亮点的脸,干瘪瘦小的身材,不够聪明的头脑,学业的压力越来越大……为什么值得烦恼的事情这么多呢?我的青春,我似乎体会不到它的甜美。抑或,我早就把它丢到题海之外了。

这件衣服挠动得我的心痒痒的。我呆呆地看着它,这家店的衣服价格一向不贵。

可是……

丑丑的我穿上它实在是太不相称了吧?就算我把它买回家,我该怎么跟老妈解释呢？

"难怪成绩上不去，心思都花在这上面了吧？"我几乎可以想象到老妈冷笑着如是说。

并且，我看看橱窗映照出的自己，跟橱窗里的那个世界格格不入，会被店员斜视吧？

我对着那件衣服吞了吞唾沫，然后跨上自行车，朝着脸红得跟我一样的落日疯狂地骑起来，风刮过我的运动服发出"呼呼"的声音。我怕我骑慢点会忍不住又折回去。

虽然很喜欢，但如果真买下心里会极度不安的吧！只不过希望做主一次自己的青春，找回丢失的感觉，怎么这么难呢？

骑车，骑车，骑车。

在到家的最后一个十字路口停下。

然后听到骑在旁边一辆赛车上的人传来的声音：嘿。

很熟悉，像一滴墨滴进了我心里，瞬间化开。今天是怎么了？先是那件衣服，现在又是……

他穿着那件熟悉的蓝白色衣服，友好地跟我打着招呼。

我有些惊慌失措地回应着，觉得红绿灯几十秒的时间从来没这么长。

"刚刚在后面就看到你了，这是我一年后第一次看见你，你还是那样子一点没变。"他笑眯眯地说。

"是啊……"我尴尬地笑笑，五十秒。

"你现在在几中？"

"Ａ中。"不痛不痒的问题，四十五秒。然后是例行的"你呢"，四十秒。

"那个，刚刚你盯着一家店的橱窗看了好久啊！我在后面等红绿灯的时候看到了，还不敢确定是你呢！"三十秒。

"因为我是假小子……"我苦笑。

"你喜欢那衣服？"

"呃……嗯。"二十五秒。

"我也有特别喜欢的东西——一只限量版篮球。"二十秒。

"哦？像我一样喜欢？"

"嗯，一看到它就吞口水，可惜老妈有禁令，唉。"十五秒。

"所以呢？"

"所以就那么看着呗！一看到就激动就开心，然后回家。"他傻乎乎的样子还是没变，五秒。

"天天看？"

"天天看。"

车流流动了起来，他冲我点头道别。我向左，他向右。

我再次疯狂地骑车，但终于还是忍不住回头看看他渐远的背影。巨大的苍穹茫茫的人海，他成了一个小小的黑点。我想到他的话，天天看搁置在另一个橱窗里的限量版，"一看到就激动就开心"，然后呢？回家，没有必要必须得到它。

他的本意也许并没有太多，但我忽然意识到并不是拥有自己想要拥有的东西，就叫做主了青春。对于很渴盼的东西，有一种感情叫拥有，还有一种感情叫守望。每个行进在青春中的人都是这样吧！被太多太多不喜欢的东西占据了生活的大部分，但心中还留有守望的净地，就足够了吧。

就好比把自己的梦想装进日记，守望在上锁的抽屉里。

那件衣服，看一眼，其实也可以很开心。

这么想我忽然心情好了起来。并不是每件事情我都能做主，但最起码我想要守望的、喜欢的、感兴趣的东西，依然由我做主。我的青春我做主，在内心深处。

回家之后写五句话的日记。关于那件衣服，关于那个十字路口，关于……五句话，其实有很多很多。

出逃

决定了。深呼吸。

放下一切负担，身影疾驰于大地。

就让我今天出逃一次吧。

让我暂且逃离这个纷纷攘攘的世界，让我如同我喜欢的诗人海子一般把自己归还给远方的远。风，这天地间的浪子，就让它在我悲怆的胸腔里呼啸而过。云，这千万年来苍穹沉淀的思绪，就让它目睹我满怀轰然凋零的花朵。夕阳的余晖有多慈悲，我愿在它的怀抱里流干我的泪。

我奔跑在绵延无尽的河堤上哀愁匆匆，我静立于粼粼的河岸边往事如流水。人生在世有多少更深远的苦悲，我深知我并不是为这眼前的烦恼蒙了眼。只是那些万千思绪，它不肯还我一份宁静，如同疾风过境吹乱我内心深处的荒原。

坐在河堤上，这是我人生长河中短暂的一刻，而我在这短暂中想起了太多太多。内心忽而回归洪荒，我没有什么矫饰的喜怒哀乐，面对那肃穆的河水我只有最原始的沉思与寂静。不，我心知不是那样的，那内心深处的旋涡，不是被世人称之为"失恋"的事情可以激荡起的，十几岁的心还不至于"关注小我"至此。正如风暴让海面晃动，而我的多感让海面下暗流汹涌。

恍惚中我似是入了词人蒋捷的意境。流光容易把人抛，红了樱桃，绿了芭蕉。这多愁的诗人写下的多感的句子，念在唇间，悟在心里。回首间，兜兜转转竟也走过了那么长的路，见过那么多花好月圆抑或雨打风吹。感叹着时光易逝，感叹着物是人非，我可以模仿蒋捷去揣摩红樱桃绿芭蕉中的岁月玄机，可我要如何学会一任阶前点滴到天明的豁然淡宁。

抑或，其实是我潜意识里不想去学？

何必为了追求内心的波澜不惊就向往情感的苍老，激情熄灭在现实的苦海里还可以再重新燃烧。人生不会定格在某一帧画面上，情感聚焦在专一的风景上又怎么会有生机。从未后悔这一路走来用感性的心去与理性的现实碰撞，我浅浅领悟、也领教了所谓悲欢炎凉。世界是个无尽藏，不让膝盖磨破让双手沾上污泥又怎能去挖掘它的内里。可对为此付出的代价的承担，还需个人修行。

那又何妨呢。其实人生，本就是场让人乐在其中的苦旅。

侧耳倾听，何处归雁一声远鸣，它是否在呼唤那楼头残梦？内心的钝痛还在，可面对痛感的心已生出另一番姿态。

出逃圆满结束，我沿着河堤往那片万家灯火的生活走去。

抬首再望，已有新月白芽初露。

那一颗亘古白玉心，为我加冕。

向北

我不知道你是谁,但我目送你一路向北。抑或,你根本不存在,你只是一个意识体,一抹我笔下的虚拟,但你名曰无畏,这是真的。

——题记

这是在向北的火车上,滴漏的时间在车厢里蒸发,你的思绪也变得干燥。

这趟火车要把你载向一段未知的人生,于你而言,它是那样的陌生、灰败。

一想到接下来的四年,你都要在北方那座尘埃在空气里大肆游荡、工业烟囱捅破锡箔纸色天空的城市里度过,而昔日的同窗们也许正在繁华都市的文人雅院里与天南地北的精英们荟萃切磋……你的心脏上就像是被人狠狠捶了一拳,凹陷下去,又积满酸水。

这一切都源于,你的高考失利。

你也做过很多心理准备,可当它真的来临,你是真的做不到坦然面对。考前,你看很多的励志书籍,摘录很多的名人格言,在已达到满负荷状态的时刻听鼓舞人心的歌,然后继续试图从题海里杀出一条血路……

可当听到那个"坏消息",你的大脑一片空白。你忽然不明白那么多个日日夜夜的辛苦是为了什么,顷刻间你看见你的未来万厦齐崩——不夸张,拿着一流大学毕业证和拿着二流大学毕业证,从某种程度来讲也决定了将来拿在手里的是高级文件还是催款账单。

继而,是预料中父亲的暴怒和母亲的号啕大哭。"花了多少心血哟……"那天母亲真的就像电视剧里演的一样,瘫坐在沙发里,眼睛"开闸放水"。"辛辛苦苦供你读书……"

还有明里朋友暗里对手的同学苍白无力的安慰,以及喜欢你的不喜欢你的老师们的摇头叹息。也许只是你太敏感? 走在大街上甚至觉得会有人指着你的后背说:看,那是谁谁谁,曾经怎样怎样,现在如何如何……知道吗? 最痛苦的不是痛苦本身,而是痛苦的前面曾有快乐做铺垫。更加痛苦的是,在你痛苦的同时别人正在快乐中得道成仙——听说小 A 小 B 小 C 考得很好,上次月考他们还不如你呢。

没有用,MP3 里循环播放的郑智化的《水手》拯救不了你,这点痛真的很"算什么"。人心,很多时候比自己想象的要脆弱。

列车"哐"、"哐"地前进着,那似乎是被碰撞的铁轨不满的抗议,可一切都还在抗议声中板着脸前行。

你加大音量,试图把自己沉溺,不面对现在这个充满列车盒饭味与上铺男人臭脚味的浮生百绘。列车推销员抱着一摞纪念册走过来,你索性撑着额头闭上眼睛。

你会有怎样的前途? 你不敢想。家境平平无权无势,不是天生我才没有贵人相助。社会正像一个迈步疾奔的巨人,跟不上他,就只能被淘汰,旁边会有人举着红牌告诉你:你出局了……你似乎已经想象出自己未来的模样。在破旧的租屋里填写一份又一份的简历,然后一次又一次的失望。日复一日地憔悴,终究在生活的染缸里失去本来模样……

旁边有人在听广播,无非还是那些:物价又涨了,股票又跌了,某某地的房价再创新高……是你太疏于成长吗？你从未想过有一天这些东西也将会一股脑抛到你——似乎还没准备好接球的你——的面前，而你不得不解决它们。快了，时间永远比你想象的狡猾，你将会迎接它们。而你本可以通过"高考"去获取的备战资本，少得让你心惊。

你把脸别过去，你不想看隔壁铺那几个孩童无忧无虑嬉闹的样子。车窗映出你的脸，老天，你是个女孩子，你这年纪正是草长莺飞二月天本应含苞待放。可你发现做了这么多年梦你依旧没长出一张可人的脸，女大十八变也需要前提条件，更重要的是你满眼疲惫，嘴角紧绷，表情呆滞，更别提那两个大眼袋和黑眼圈。

你想起曾经的岁月在窗边读莎士比亚读张爱玲，偶尔有闲情逸致在日记本上随意涂写，多愁善感时还会期待淋一场细雨，会为一场颇有韵味的夕阳而流连陶醉。你听纯音乐，也爱小红莓低声咆哮的《Zombie》，看到纸张上的浪漫情缘会思绪翩跹……可没准儿时间一晃你就再也不能借青春之名大肆挥霍感性细胞，你需要学会像运用数学公式一样去学会"生活"。

广播里传来提示音，你到站了，你得下车了。

双脚踏上这座城市的土地。

你有点茫然不知所措，周围是外地口音你听不太清，但你还是随着人潮向出口前进。

肚子饿了，该去吃饭了，你想。不管怎样，饭还是要吃的。你翻出背包看见钱包安然无恙你有点欣慰，然后你开始考虑中午要吃牛肉炒饭还是牛肉拉面，你行李好重但你脚步匆匆……你的背影渐远变成一个模糊的点，你融入这个大千世界。

我亲爱的你，就算你的生活正如我刚刚那千把字里写得那样糟糕，可难道你没意识到——

你还在继续"生活"着，不是吗？